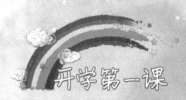
开学第一课

国家教育部、中央电视台联合推荐
全国中学生梦想美文优秀作品

像植物一样的生长

《开学第一课》编写组　编

时代文艺出版社

图书在版编目（CIP）数据

像植物一样的生长 /《开学第一课》编写组编. —2版.
—长春：时代文艺出版社，2016.2（2023.7重印）
（开学第一课. 中学生）

ISBN 978-7-5387-5021-8

Ⅰ.①像… Ⅱ.①开… Ⅲ.①中国文学－当代文学－作品综合集 Ⅳ.①I217.1

中国版本图书馆CIP数据核字（2015）第286641号

出 品 人　陈　琛
责任编辑　曾艳纯
装帧设计　孙　利
排版制作　隋淑凤

像植物一样的生长

《开学第一课》编写组　编

出版发行 / 时代文艺出版社
地址 / 长春市福祉大路5788号　龙腾国际大厦A座15层　邮编 / 130118
总编办 / 0431-81629751　发行部 / 0431-81629755
官方微博 / weibo.com / tlapress　天猫旗舰店 / sdwycbsgf.tmall.com
印刷 / 北京市一鑫印务有限公司
开本 / 710mm×1000mm　1 / 16　字数 / 109千字　印张 / 12
版次 / 2016年2月第2版　印次 / 2023年7月第3次印刷　定价 / 36.00元

《开学第一课》编委会

编委会主任：韩　青　许文广

主　编：许文广

副主编：卢小波

编　委：张雪梅　骆幼伟　张　燕　吴继红

　　　　陈　琛　娜仁琪琪格　苗欣宇

《开学第一课》的价值

有人问我，《开学第一课》的价值在什么地方？我认为最重要的就是全社会希望并通过我们传递出来的价值观。多元是时代进步的标志，我们尊重不同的声音和价值理念，但是作为教育部和中央电视台联手举办的这项公益活动，我们要传递的是主流的、与时俱进又符合中华文明传统的价值观。

在2008年，我们通过《开学第一课》传递了抗震精神和奥运精神；2009年正值新中国60周年华诞，我们在象征着民族精神的长城，为孩子们播撒下爱的种子；2010年，我们告诉孩子们，一个拥有梦想的民族，一个不断仰望星空的民族，就是拥有未来的民族，人生的每一个阶段都需要梦想的指引、坚持和探索，而每个人的梦想汇集起来就可能成为国家的梦想、民族的梦想。

举办《开学第一课》三年来，我个人也有一个梦想，我梦想这项目光远大、朝气蓬勃的公益活动能够坚持举办10年，让它给这一代孩子的成长提供正面的、积极向上的力量，这就是《开学第一课》的意义所在。

我希望全社会的力量汇集起来，给孩子们一种价值观的教育，中央电视台愿意承担使命，联同教育部把这项公益活动做好。我们也欢迎全社会各界积极参与、支持，从出版、纸媒、网络、志愿行动、慈善事业等各个方面，加入到这个追逐共同梦想、打造恒久价值的公益活动中来。

由此，我亦十分高兴地看到《开学第一课》系列丛书的出版，我相信时代文艺出版社正是基于我们共同的理想，以出版的力量为孩子们的未来创造了更丰富的阅读食粮，为《开学第一课》的精神理念提供了更多样的传递方式。

中央电视台 许文广

CONTENTS

目录

第一部分　梦想是一艘幸福的船

第二部分　追随梦想的脚步

第三部分　花开的声音

第四部分　树枝上的太阳不会生锈

第五部分　追逐梦想

第六部分　窗外的天空很蓝

第一部分

梦想是一艘幸福的船

尽管她不是"天鹅"，可她却用音乐将灵魂结合在一起，幻化出一只最美的"天鹅"，在尽情地展示自己的梦想。远处，梨花随着风在空中打旋，久久才落到地下，优雅、完美。

小南永远记着这句话：梦想是一艘幸福的船，会带你驶向梦想彼岸！

——魏子雯《幸福的船驶向彼岸》

幸福的船驶向彼岸

魏子雯

　　"啪啪……"热烈的掌声从电视中传出来。顾小南羡慕地看着一个个"小天鹅"在华丽的舞台上"炫耀"着自己的优美舞姿。她也想像她们一样在蓝天下起舞,让阳光也为之逊色。可是顾小南看着自己的右脚,眼泪悄无声息地滑落,冰凉的泪珠浇灭了她心中的热火,一时间屋子里变得沉寂起来。

　　顾小南是一个热爱舞蹈的女孩,她喜欢随着那温柔的音乐像蝴蝶一样翩翩起舞,享受最美好的时刻。她也曾经为自己勾画了一个美丽的画境:一个女孩在华丽的舞台上展示着自己的舞姿,台下的观众为她爆发出热烈的掌声。每次想到这,顾小南自己也"扑哧"一声笑起来。可就在她十五岁那年,一场噩梦打破了她的梦想。

　　连续几天的雨后,雨水疲惫地收场,太阳洒下它慵懒的阳光。这一天,顾小南照例骑着自己的天蓝色小车去上学。在路上,她还不时地想着昨天新学的动作,不时还用手比划比划,心中充满了无尽的喜悦,脸上洋溢着幸福的微笑,阳光温和地抚摸在她身上,一丝温暖流入心头。"滴滴……"几声尖锐的鸣笛声划破天空。顾小

南还没回过神来，就被掀翻在地，车呼啸疾去，顾小南躺在地上，射下的阳光也刺痛了双眼，意识逐渐模糊，只有阵阵剧痛从腿部袭来。

"小南，小南。"几声轻柔而又急切地声音传进小南的耳朵。小南逐渐从黑暗中找到光明的出口，慢慢苏醒过来。"妈妈，我，好痛。"小南脸色苍白，嘴角因疼痛而抽搐。"小南，没事的，有爸爸、妈妈在，不疼的。"妈妈脸上的两道清晰的"水渠"又涨满了水。小南费力地挤出一个微笑。就这样，小南在妈妈一天一天地照顾下，身体渐渐康复起来，脸上也有了血色的红润。可是，小南却越来越发现，在跑跳时，右脚就像海绵一样柔软，支撑不住整个身体，她几次都差点摔倒。"妈妈，我的右脚怎么了？"她不只一次地问，可是答案却总是"没事的，你还没有完全康复。"但是小南分明看到了妈妈躲闪的目光，这使她更加怀疑什么了。

"医生，难道我女儿的脚真的治不好了吗？""对不起，太太，小南的右脚脚踝轻微粉碎性骨折，她能正常走路已经够幸运的了，要说跳舞，或许真的是不行。"张医生无奈地摇了摇头。本来正要进来的小南听到了张医生的话，仿佛从天堂跌到了地狱。她无法忍受这残酷的现实，转身朝门外"跑"去。可是，右脚的伤痛不断撕扯着她的心，她费尽全力地"跑"到了医院外的梨花树下。"为什么？为什么？"小南用手竭尽全力地捶打着树，梨花漫天飞舞，宛如雪花一般旋转起舞，纷纷落下。手上已有些许猩红，可是真正痛的是心在滴血。顾小南站在花雨中，哭着，看着飞舞的梨花，她更觉得是在嘲笑自己，她恨，为什么天要这样对待她。

妈妈找到顾小南时，她已经躺在病床上，可是，无论妈妈怎么哄她，小南始终不说一句话。她用被子将头蒙起来，只是为了远离这个无情的世界，可是黑暗则使小南更加窒息。"小南，听妈妈的话，不能跳舞没什么，真的……""不，你不知道跳舞对我的意义，它是我一生的梦想，我的希望……"小南用力地吼给妈妈听。接着，又蒙上被子抽泣起来。妈妈不知所措地站在一旁，泪水却逆流成河。这一晚，梨花静静地从树上落下来，悄无声息。

"姐姐，太阳照屁股了，快起来，我们出去玩。"一个幼稚的声音在小南的耳边响起。小南不想理会她，可是声音却还在继续。"你烦不烦啊"小南有些生气了。可当她看到这个小女孩时，她呆住了。这个大约七八岁的小姑娘坐在轮椅上，没有双腿，正冲她微笑。小南被寒冰笼罩着的心，慢慢融化了。小姑娘给了小南一张纸条，上面写着：不要放弃。是用拼音歪歪扭扭地写的。小南的眼泪夺眶而出。是啊，不要放弃，自己怎么能颓废呢！这个小女孩都不放弃，我又怎么能放弃呢？

小南出院了，她却变得开朗起来。凡事都会挂着微笑在脸上。小南在妈妈的鼓励下，学起了钢琴，虽然很难学，但小南却坚持了下来，小南每天练到十个手指都麻了还不肯罢休。她说："既然上天不让我当'天鹅'，那我就为'天鹅'奏乐吧！"

第十六届舞蹈大赛上，电视中华丽的舞台上，一群"小天鹅"在美妙的音乐声中翩翩起舞，台下的观众看得如痴如醉。音乐声不断地震动着人们的心弦。演出结束，台下爆发出雷鸣般的掌声，而小南在台上，眼泪刷地流了下来，她实现了她的诺言，她完成了她的梦想，小南终于站在了这个华丽的舞台上，尽管她不是"天鹅"，可她却用音乐将灵魂结合在一起，幻化出一只最美的"天鹅"，在尽情地展示自己的梦想。远处，梨花随着风在空中打旋，久久才落到地下，优雅、完美。

小南永远记着这句话：梦想是一艘幸福的船，会带你驶向梦想彼岸！

阳光吻过的伤

四　萍

（一）

春天到了，你像一棵没有返青的树

伫立在路旁，接受行人检阅的目光

"安静，安静。"她深深地缩在自己的臂弯里，紧紧地抱住自己，轻轻地唤着，像在呼唤自己走失的灵魂。

"安静，你要好好爱自己。"她说给自己听，泪就流了下来。

坐在教室靠窗的位置，安静将头轻轻一偏，眼前就变换了景象，几棵柳树的新叶，小心地试探每阵风吹来的态度，像是不放心这个世界的温暖。

安静就这样经常抑制不住地向窗外望去，脸上茫然得像杨花漫舞的天空。

"安，安。"同桌小莹轻轻地推她，眼睛盯着走过来的老师。

安静回过神来，像赶了漫漫长路的旅人，来不及找到停泊的驿站。她一时失措，不好意思地低下头。

温和的女教师轻轻地触了一下她的课本，示意她翻页。

安静机械地翻到下一页。眼神，仍是空洞。

这种状态持续多久了？她说不清。是始于一月前家庭的动荡？还是始于一周前那次奇妙的邂逅？她说不清。

无力去想，索性不去想，但还是陷于一片混沌中，走不出来。她的心里，雾气氤氲。

"出去走走吧，多好的天气啊。"小莹会在每一个课间时分邀请她。"不要总待在自己的座位上了，好不好？"她轻轻地摩挲着安静长长的头发，半是命令半是请求。

"安静，有什么需要帮助的，你一定要说出来，不要总闷在心里。学校心理辅导室每天下午都开放的。"班主任，永远都那么温和的女老师委婉地说。

安静努力保持着表面的安静，对每一个投来关切眼神的同学和老师微笑。他们不知道，她需要什么。

春天确实到了，可是，什么样的阳光，才能融化心里的这块坚冰？安静望着窗外，风过处，柳枝妩媚得有些轻佻。

他们只是怕打破了这块冰。她想。微微地咧开嘴，想笑，眼睛却再一次发涩发烫。

曾经，狂风吹乱了一切，她心里涌起的波涛，几乎打翻她十六

年来建立起的所有信念，关于父母亲情，关于爱。她一次次想努力平静下来，她劝说自己，很快会过去的，很快会过去的。

但她像被命运的手推进了一片深深的凹地，挣扎了一身的泥泞，却总也走不出去。

那一日，安静站在法庭上，向法官展示她手腕上的伤疤，用尽量简短的话语诉说她的所见所闻。她语气平静，表情淡然，令所有关注这件事的人诧异。只有她自己懂得：那片心海已结了厚厚的冰，再大的风，也涌不起一丝波浪。

走出法庭，媒体的闪光灯在她眼前亮个不停。作为曾经是这个城市首富的女儿，这是她必须学会面对的场景，那个男人带给她的荣耀，在那一刻全部转化成耻辱。

她决定藏起一切伤痛。

她面无表情，亦不逃避。痛哭流涕，或愤恨指责，那，都不是她。

是的，她是安静，温和秀雅的安静。那个男人给了她一个美好的姓氏，她将冠之以一生。"现世安稳，岁月静好"，曾经，那个美丽的女人微笑着，给刚开始识字的安静讲解这个名字的含义。

那时，年幼的她不知道，幸福会有期限，这个期限，会只有十六年。

（二）

偶然的相遇，预演过多少次的浪漫

一次相撞，足以使你产生裂变

小莹说得不错，天气真好。安静一个人缓缓地，再次走进校园侧角那一片竹林。

4月的下午，凉意不侵。竹子返青，像一支支竖起的笔，在天空和大地书写一季的心事。叶片谨慎地伸出小手，在风中招摇。安静想起曾经和同学们笑称这竹林后的宿舍楼是潇湘馆，可惜里面住的不是弱如文竹的林妹妹，而是高二那一批爱打篮球的男生。竹林中一条小径，通向安静的教学楼。这段时间，安静已习惯了不走大路。

曲径通幽。安静喜欢上了这个词。安静啊安静，哪条路，能通向你的心里？那片心田，能不能让阳光带来一片明媚？

阳光，来自哪儿呢？安静不觉抬头望去。这时，光线正透过稀疏的竹林，斜斜地射进来。安静身上，沐浴着一层淡淡暖暖的光晕。她停下脚步，用手轻轻地抚着，似乎要掬起这一缕柔光，收集起来，把它安放进内心。

用脚步丈量一段距离。安静走着，默默地在心里数了十五下。是在这个地方吧？离教学楼有十五步，对，正是当时自己站立的地方，而他呢，就站在……那儿，对，是那儿。安静走过去，静静地看住那近旁的一株竹，似乎它比周围的那些更青翠，更挺拔。

已经有一周的时间了，安静每日这个时辰，总要默默地走过来。小莹几次说要陪伴她，都被她婉言谢绝了。她说她要一个人静一静。可她心里知道，她在期待着。期待些什么呢？

那个明媚的微笑，像揿在心里的一个图章。她想，这微笑是送给她的，是属于她的，她要用心珍藏。

可那张阳光的脸，却已失了印象。他是谁？我们还能再相遇吗？

无论如何，安静感谢记忆中的那个微笑，它以柔和而不可抗拒的力量，使安静紧紧关闭的心扉打开了一道缝。像所有绿色植株向

往阳光一样，安静渴望着，捕捉每一缕来自他的信息。

安静默默地闭上眼睛。就这样放纵自己，沉入遐想。

一阵轻微的响声，像清风拂过竹林，带了清新的味道沁入鼻息。安静睁开眼，一个高大清俊的身影，就站在她面前。

是那个微笑。那一瞬，安静的头有了微微的眩晕，她再次闭了一下眼睛。唯恐这一瞬消失，又迅速张目，望日。

日已西沉。明媚确实来自眼前的微笑。

"你好！"是清朗的声音。安静的思绪一下子失了方向。她微微颔首，屈背，"你好！"

"你真勤奋，我已经注意到，这几天，你一直在这里读书。"

安静不明所以，只是礼貌地笑了一下。是的，她手里是拿着一本书，只是因为，第一次相遇时，她是拿着的。一本普通的语文课本。这本书能带来什么？

"哦，这里很安静，很适宜读书的。不是吗？"

"是的，安静。"安静答复。她恨自己反应太慢。

男生沉默了一下，眼光瞥向天色，近旁的教室已次第亮起了灯。"不早了，快看不见书上的字了。"

"是呀。"安静找不到合适的话语，又不想错过这难得的交谈。

"该回教室了。你呢？"话语里有了些关切，不是吗？

"我……我也回。"

并肩走了两步。他停下，"我叫杜衡。平衡的衡。我可以知道你的名字吗？"很自然的语气。

"嗯……"安静有点犹豫。他很希望知道自己的名字呢，自己不也有同样的希望吗？

"安静。"她微微启唇。男生愣了一下。"安静？怎么了？"

他误会了呢。安静心里不由笑了一下。"我是叫安静，姓平安的安，单字一个静。"

"哦，安静。"男生像在细细咀嚼着这两个字的味道。"这名字真好。"他眼里有了一丝光亮。

名字好吗？安静心里刚刚漾起的笑意，突然被一阵莫名的哀伤冲淡。她停下脚步。教学楼就在眼前，还有几步，就走出竹林了。

"再见。"她说。

男生迟疑了一下，有小小的火焰在他眼中跳动，又转瞬熄灭。"再见。"他说。

是那个高大俊雅的背影。安静想着，看他迈着轻快的步子消失在竹林的尽头。

杜衡，杜衡。安静想，这是一个怎样的男生？

（三）

季节在春天赠予树木的礼物
到秋天，都拿走了。为什么？
他们一个不问，一个不说。

过后，安静不只一次想，为什么没有多说几句话呢？为什么不多问他些什么，比如，他的班级，甚至他的爱好？为什么没有告诉他，自己其实不是在读书，而只是在等待。

那短短的几分钟里，她觉得自己彻底摆脱了这段时间的噩梦，第一次，她的心里泛起微微的涟漪，像嘴角的笑纹，浅淡而美丽。

现在不只拥有一个微笑了，还拥有温和的话语，以及心有灵犀的关切。是的，安静认定，那简短的问话背后有一种深深的关切，和自己一样，有许多的话，都蕴含在其中了。

"杜衡，多年生草本，全草入药，气芳香，味辛辣。"安静的目光在百度网页上久久停留。

有风轻轻穿过竹林，气息留香，风声过处，复归平静。

安静的心，是一池绿水，风静时，涟漪仍无边。

"出去走走好不好？下周要进行班级篮球对抗赛呢，咱们去球场上看看，行吗？"下课了，小莹再次发出邀请。

安静迟疑了一下，站了起来。

小莹自然地弯起右臂，这是她们亲密无间的标志，安静终于将手腕伸进那个臂弯。对她们，这个动作好像已间隔了一个世纪。

小莹心里有了淡淡的欣喜，这个小小的动作，意味着安静正从低谷努力走出来。为朋友感到高兴是小莹一贯的原则。

篮球场上，两队正在厮杀。穿红色上衣的晒青春队和穿蓝色上衣的原动力队，已经开始了新一轮的球技切磋。几个女同学，分别为她们支持的队员抱着衣服，有的，还准备了饮用水。

球场上跃动的身影让人眼花缭乱。"太棒了！太棒了！"小莹高兴地时时叫好，安静也不由为这场面感染。

一个高大的身影走向观众，走向安静。这身影那么眼熟，好像已在心底保存了很长时间……安静的心突突跳了起来，就在快要窒息时，那身影在旁边一个娇小女生面前停了下来，接过她递来的水，仰头饮下。脸上的棱角在柔和的光照下，显出绒绒的线条。那女生兴奋地说着什么，目光里满是钦佩与骄傲。

　　小莹呢？小莹去了哪里？安静的思绪突然迷失。她紧紧地握住手心里的另一只手，是小莹的。

　　"真精彩，太棒了！那个穿 5 号球衣的男生。"球赛不知什么时候结束了，已经走在回宿舍的路上了。安静感觉自己的灵魂在外面溜了一圈，刚刚找回到自己的身体。

　　意识终于，恢复了起来。

　　"你了解他吗？"安静似乎是漫不经心地问。

　　"听说是体育班的，刚从外地转来呢。"小莹还沉浸在球赛的兴奋中。"怎么，你想了解他？"小莹看着安静的眼睛，问。

　　安静移开视线，不置可否。只是紧紧地咬住了唇角，有什么从心底酸涩地泛上来。

　　她已经有几天不再去那片竹林了。现在她总是拉上小莹，走校园的大路，低着头。没有人能从那么多统一着装的女生中认出她来。和藏进无人光顾的偏僻处不同，她只想在人群中淹没了自己。

　　只是，安静的心，再一次陷入死寂。她期待一个真相，哪怕一个解释。只是，她有这个权利吗？她问自己，然后，不自觉地摇摇头。

　　总有一些残留在心中，像一道明亮的刮痕。着力处，掩饰不得。

　　安静又一次默默走进这片竹林。是个周末，校园里很安静。是的，她不想回那个冷清的家。自从那个男人被起诉羁押，而女人为追求自己的幸福一次次离家，家，就成了一只豪华的笼子，锁不住任何一个背离它的人。安静的心，本就不属于那个笼子。

　　安静从一个噩梦中醒来，她努力不做任何梦，努力把每一个睡眠同每一个白昼一样，过得安稳。

　　可是，不存有任何梦想的人，用什么支撑他度过阴霾与黑暗？

安静站在竹林里，向四周望。竹叶葳蕤，竹枝挺拔，风移影动，姗姗可爱。但是，没有一个身影，是她内心认定的熟悉。那是一种前世的渊源，于她，就像一缕阳光，而作为一株趋光性植物，她在黑暗的小屋子里待得太久太久。

会不会是错觉？

安静眼前一团朦胧，光影笼罩下是那个俊秀的身姿。无声无息，他已经立在了面前。

安静一下子从遐想中醒来。

"你？……"她不知说什么好。有无数的话涌上心头：你为什么又来到这里？你还记得我吗？你心里到底怎么想？……

"你好！"他的问候伴着明媚的笑，那是一种怎样的笑啊，只瞥一眼，安静的心就瞬间软了化了。

"终于又遇见你了！"那个笑容并不在瞬间消失。但话语间，却好像有点拘谨。

安静扯了扯嘴角，说不清给出的是一个怎样的笑。

"我……我……"他抬起手，抚了一下身边的竹，好像要捋顺心里的思绪。

他想解释什么吗？有什么好解释的？安静以一种静观其变的心态，冷静地对他做着判断。他心虚了吧？

"我……我不知道你经常来这里，没想到。"他说。

安静心里打上问号，又渐渐生出些怨恨与愤怒："是吗？"她的话语简短到不能再短。

"我听说你……前几天，我一直在这里，希望能等到你。"他好像下了很大的决心，终于说完整了一句话。

"是吗？"安静的双唇上扬，嘴角却下沉，是一个冷冷的笑。

"你等我？"

男生眼里的那簇火，会被这一个笑夹着的冷风熄灭吗？安静心有不忍，却还是说了出来：

"你是在等人，可能还是在等女生，但不一定是等我吧？"终于狠下心来，说得流畅果断，只不过，心里的那片海，已是阴风怒号，浊浪向空。冷冷的话语，挟着海上的阴风扑向他，他不知道，他其实是站在一片无际的海边，风浪正从海底翻起。他进退失措，仓皇面对。

"真没想到，你会是这种人！"安静愤然甩下一句话。男生的眼里，闪出一丝莫名惊异，不由怔了怔。

他是否知道，自己心底的寒？

安静已然毅然转身，在对方作出回应之前，快步走出了竹林。

安静相信，她的转身，很坚强，亦很美。

回想着这些，她趴在桌上，心如冷铁。

眼睛发干，没有泪。

（四）

人生初见，场景变幻
情节的发展无法逆转
是谁站在来时的路上
眼睛里写满眷恋

十七岁了。

在经过一系列的家庭变故之后，这个生日显得那样苍凉。安静盘点着十六岁这一年的细枝末节，心底更多的是初识人生的酸楚。对十七岁，她还有期待吗？

可心里，真的就没有渴望吗？失去了亲情，还拥有什么？

那个女人还是从遥远的城市给她打来了电话，说祝女儿生日快乐。快乐吗？安静淡淡地说了声谢谢，那头压抑的哭声刚刚传来，她就断然挂了电话。

伸出手腕，那一条条伤疤，在阳光下显得妖冶而狰狞。

安静，她只需要保持内心的安静。

中午，小莹神秘地送来了一个精美的包装，"打开，快打开啊！"她急切而兴奋的样子，让安静不忍拒绝。

打开，是一套精装书。扉页上，是几个俊秀的字体：

"送给我最好朋友的最好朋友，祝安静生日快乐。"

"安静"二字，是粗重的笔迹。很用心用力的样子。

安静的目光转向小莹。

"是这样的。这是我一个朋友送的，我说，今天是我最好朋友安静的生日。他说，朋友的朋友，当然也是朋友。他问我你平时喜欢什么，我说爱看书啊。他很喜欢这一套书，就也送你一套。"

"你朋友……叫什么名字？"安静看向落款，是洒脱的两个字：杜若。

杜若，杜若，这名字，有点熟悉……哦，不，那个明媚的微笑，是杜衡。安静轻轻地晃了一下脑袋，让自己清醒。

温和的班主任老师，将自制的一张卡片送给安静："安静：岁月不息，珍惜自己。"

同宿舍的她们，送来了手链，项链，水钻袖扣，精致笔筒，甚至还有粉底、晚霜。是的，安静不再需要泰迪熊，布娃娃，安静长大了。

长大了，就意味着拥有应该拥有的，承受应该承受的。

安静抱着一堆礼物，心底有一方田地突然就松软了起来，一些细弱的芽儿，像要在春风中探出头来。而此时，已是炎夏。

那个女人，自己的母亲，在这样的季节里生下自己，一定也受了不少苦吧。

想想这一段时间以来，曾经怀疑一切，而只将心情寄托给一个莫须有的微笑，是多么狭隘而封闭啊。

岁月不息。十七岁，美好的季节刚刚开始。安静应该相信自己。

晚上，几个好朋友专门给安静做生日party，班主任老师应邀出席。小莹说有两个神秘的朋友，到时要给安静一个惊喜。

门开处，站着两个高个子男生。安静的心突然漏跳一拍。

"欢迎杜衡、杜若兄弟！"小莹高喊，舍友们兴奋地鼓掌。

安静的目光，从一张脸移向另一张。一样的明媚自信，一样的俊朗挺拔。哪个才是那熟悉的微笑？哪个才是那清朗的身影？深深怀想过的，和狠狠痛责过的，究竟是谁？

而现在，他们一起将手伸给安静，笑容粲然：祝你生日快乐！

安静的心里，再次涌起狂潮。

"Happy birthday to you, happy birthday to you, happy birthday to my friend, happy birthday to you……"

"祝安静生日快乐！"张张笑脸，在烛光映照下，真诚温暖。那一刻，安静想起久违的一个词，幸福。是的，幸福从不挑剔，它只青睐相信幸福的人。

安静，我们都希望，你的生活安稳静好，一如既往。

（五）

经历变幻，不必妄谈沧海桑田

拥有真情，何须再求海枯石烂

当安静、小莹和杜衡、杜若成了好朋友，安静自己找到了答案：

是的，杜衡和杜若是双胞胎。哥哥是体育班的，弟弟是文科班的。安静第一次遇见的是弟弟杜若，第二次却是哥哥杜衡。球场上的，当然是哥哥。抱歉，那个在竹林里被安静骂得红了脸的，还是弟弟杜若。

相处久了，细细观察，哥哥和弟弟还是有区别的：哥哥大方开朗，弟弟不善言谈；哥哥打得一手好球，弟弟写得一手好文章。

哥哥和弟弟同时转入这所学校时，还引起小小轰动呢。只是，安静沉溺于个人的情绪，哪里顾得这些。

还是小莹观察到安静的情绪，主动和杜衡、杜若联系上的。

很多爱，都在关闭的心扉之外，茁壮地成长着。而阳光不会冷落任何一方心田，打开心扉，心地就可以一片光明。

安静终于明白，伤痕，原是为提醒幸福而存在的。这世上，值得拥有和珍惜的还有很多，她并没有失去整个世界。

爱情，离自己还远吧。十七岁刚刚开始，谁知道呢。不管走过的路有多坎坷，但谁能阻止追逐幸福的脚步呢？

9月，又是一个新开端。黄昏。安静安静地坐在座位上，看阳光

透过西窗斜照进教室，在书桌上切割下一道整齐的光痕。眼前每一块光影都格外分明，却带了几分温暖。

明媚而深情。

阳光吻过，伤痕留迹。

岁月不息，好好珍惜。

安静，我们大家，都很爱你。

尾戒上的星星

张奕斐

我叫窦冉，二十三岁，一个自由撰稿人、摄影师，常常游走于不同城市的不同报社、编辑室。没有固定的收入，但有时抓拍的一些瞬间加上简单的语句，可以换来一笔不菲的酬劳。

大学在广州毕业以后，跟一些打算留在广州工作一段时间的同学合租了公寓。起初还每天一起聊聊遇到的困难，时间长了，每个人似乎都有了自己的生活，有了自己的圈子，我们几个好朋友开始越来越少一起活动。不过自从我开始把写作作为生活的中心后，花更多的时间独处，需要更安静的环境。

我们有时一起去夜店，在喧闹的地方释放一些城市高楼带来的窒息。我是个不喜欢酒精的女人，不愿意沾惹那些颓废的东西。看着他们用酒精麻痹神经，燃烧青春的骚动与痛楚，有时也会动摇，幻想自己成为双重性格的人，白天做着本分的自己，夜晚游离在城市的喧嚣中。但最终还是点了苏打水、柠檬汁，我还是喜欢静静地观看这群孩子在城市最边缘的地方放肆嬉戏，我似乎为他们感到欣慰。

一次，在一间昏暗的小酒吧，模糊中传来熟悉的声音，我走上去仔细一看，是阔别三年的朋友，紫嫣。自从在北京的一次培训班结束了半个月的学习后，我们就再也没有遇到。我只知道我们生活在不同的城市，却有惊人的相似。多年来都是通过信件交流，那次相遇让我有些惊慌，来不及准备面对面的心情。虽然相识三年，但毕竟相处只有十几天。我想我们都对突然的相遇感到不知所措，不知该说些什么。她还是原来的样子，扎着黑色的马尾，戴着塑料黑框眼镜，一副好学生的样子。其实她学习的确不错，但在这样的外表下做着一些惊人的事。例如那个时候大家猜测我们谁有谈过恋爱，大家一致认为是我，可是冤枉的我没有一点恋爱经验，而她那时已跟男友共度三个春秋。现在的她看上去多了些沧桑，却依然有精致自信的脸庞。

从那以后我们一直保持着联系，一起出行，去海边，去城市中最遥远的角落。阳光晒在她的脸颊，露出最无忧的笑容。光着脚丫走在沙滩上，看着自己的脚印慢慢延长，那些走过的路似乎泛着海水的光泽，荡漾……然后走向未知的远方。两个一直忙碌地奔波在追寻幸福道路上的背影，坐在海边，望着海岸线那道明亮的距离，迷离，向往，陶醉。

为她拍了很多黑白照片，纯粹得有点忧伤。记忆的深巷，很高的墙裙，青色的砖瓦，低矮的玻璃窗，一扇扇打开着。没有人群，没有噪音，没有出路。可以忘记时间，忘记世俗，忘记归途。两个人坐在巷子尽头，高高的围墙下，学着吸烟，呛到不停咳嗽流眼泪，然后看着对方笑到后脑贴住脖颈。曾看到很多女人抽烟，觉得那些饱经风霜的家伙有点让人敬而远之，现在我们只想从香烟中找寻一点优雅。那些从来看似不可能的事，就这样发生了，很纯粹。

做最简单的幻想，折一对坚硬的翅膀，爬上高架桥的顶端，戴着翅膀放飞青春梦寐。看一场动人的电影，用甜腻的可乐凝固急流的泪水，用干涩的爆米花搪塞不止的哽咽。

"人不可能离开苦难，正因为有了苦难，才懂得如何幸福。我们已经是脱离了灰色字眼的年代。"我说。

"你什么时候成哲学家了，这个很像老子的'二思维'啊？"她的笑意已经表示了对我的赞同。

有的时候痛苦是一种神圣的体验，就像孤独，当我们真正面对他时，我们有血有肉，然后流泪，欢笑。

后来紫嫣应着父母的要求去了澳洲，我们再没有见过面。但我们知道，在世界的另一个角落，有一个同样愿意一起燃烧莫名的人，仍然追寻着同样的理想。在时光的冲刷下过滤一些时代情怀，幻化成担当责任的温柔女人。

我送她去机场，一路上我们没有说任何话，只是静静地坐着，走着，我知道我们在回忆着同样的瞬间。分手时，她只是说了再见，在离开我视线的最后一刻，回头留下了淡淡的笑容。像洁白的茶蘼，散发持久的清香。

紫嫣走后，我在广州度过最后一年。我没有继续住在合租公寓，毕竟是个已经习惯了一个人生活的人，独处可能对于我而言更加自在。我在偏远市区一带租了一间一室一厅的房间，只有60平方米，但有自己的厨房，可以照着菜谱做自己喜欢的食物。有一个很小的阳台，也可以叫餐厅，因为它就在厨房外。我在那安置了一张玻璃茶几，两张透明而舒适的椅子，我喜欢搬着电脑在那里工作，看喜欢看的书，晒着太阳。我住的是顶层，餐厅区有最喜欢的落地窗，明亮，可以看到很远处的山，看到城市中心密密麻麻的高楼。

我没有安很厚的窗帘，只搭了一层薄薄的白色纱帘。

客厅里只有一张简单的白色布艺沙发，一个小卧榻，一张再简单不过的茶几，和一台电视机。有时候干脆在沙发上睡着了，我喜欢这样的家，简单，干净，很舒适。虽然没有固定收入，但还是可以支付这种自在的生活的。

卧室里放了一张很大的床，即使睡觉也不受拘束。很大的整齐的衣柜，有规划好的隔断，放不同的东西。还有张梳妆台，这是家里唯一有女人气息的摆设。

洗手间里有一个大的木桶，可以泡澡，也可以淋浴。简单的带有储物柜的洗脸池，可以放很多杂物。我虽然是个很爱自由的人，但还是希望家里整洁一些，碎小的东西放在外面会让家里变得凌乱。还有一台小型的自动洗衣机，因为一个人的衣物不多，每天只要把换洗衣服放进去搅一搅就好了。

紫嫣走的那天，我在机场看到了一个熟悉的身影，只是我不敢相信这就是命运。如我所愿，只是我看到了他，他没有看到我。我总以为，一个人是不可能离开感情的，当一个人离开你的时候，就会有另一个人走进来。即使再抗拒，你都得接纳生活中新的情感故事，而我并不期待……我一直是一个喜欢独自享受寂寞的女子，自从他出现在我的生活，我开始害怕寂寞。我叫他做落言。离开我的时候充满了对责任坚定的驻守，而我在这份无奈后很长时间无法面对独自生活的寂静。现在的我，不知道可不可以用淡然来形容，喜欢在夜晚抱着腿，端一杯绿茶，坐在窗前，看着天上的星星，什么也不想，耳边只有《Sad Aria》的旋律，温婉，悠长，悲伤，像秋风，萧瑟，却没有尽头……

我是个始终都承认忧伤的人，有些人没有办法摆脱忧郁，就不需要逃避。只是我认为这样深切的情感只适合独自缅怀，它真实的存在，却不是真实的生活。这或许就是我们所选择的，在现实世界中扮演的角色，——阳光下要扮演的睡莲。我写一些伤感的文字，照一些充满记忆的黑白旧照片，画一些从不让别人看的画，因为每一个人物的眼神都写满忧郁和悲伤，可能我觉得这样意味深长的美丽更值得收藏吧……

从广义上来讲，我有很多朋友，这些朋友都是我在阳光下生活的朋友。我看到他们身上的闪光点，愿意诚恳相交，他们善良，容易接近，但我只想看到他们欢笑的脸。老实讲，以前的我并不善于结交朋友。因为对感情太过认真，太过重视，受到过很多次伤害后，开始害怕接纳一些人进入我的生活。我从不养宠物，虽然喜欢，但是知道他们的寿命要比我们短很多，我害怕面对失去的那一天。现在的我学会了接纳，也学会了防卫，这就是我阳光下的世界。其实我跟从前一样，在人的面前不会表达自己的感情，可能太依赖文字了吧。所以我一定有星星下的世界，这个世界里，有紫嫣也有落言。我们不需要说话，即使背靠背静静坐着也可以听见彼此心里的声音。我已经很久没有提到过他，那是一块我不想触碰的记忆，因为害怕它在时间的冲刷下变得晦涩，我希望它一直都是我记忆中最美丽的相遇，就像他说过的，那是个最美丽的夏天。

紫嫣走后，我依然去曾经去过的地方，拍一些旧照片，只是照片里的人已经不在。但我仍然看到我们站在那里欢笑，好开心。我想，我对旧的东西有种特殊的感情，以前吃过的糖的包装纸还留着，有很多别人看来像垃圾一样的东西，这种恋旧情节也是我的殇……

去了曾经上学时逃课去的小镇，镇子上的人们依然过得闲适，满足。看着家家种的木瓜，想起那时木瓜喂猪的事情。一条拥挤的街道，两旁摆满了各种地摊，和低矮的小商铺。那里的叫卖声是我听过的最欢乐的声音。

我去了县城里的小火车站，那里的断墙还没有补上，没有严守的警卫，所以我想蹲守多久就多久。因为车站很小，人很少，所以那里对我而言简直是自由领地。我喜欢火车，坐在那些旧砖瓦上，看着火车鸣笛驶过，听着车轮碾动的"咔嚓"声，铁轨在阳光下耀眼的光亮。又一辆车尾驶过眼前，铁道的那一头出现了一个身影，安静地站在我面前，双手插在黑色大衣口袋里，看着我。就这样，许久……回去的时候，他说，还好吗？

我说，做了想做的人，不问世事。

你怎么想？

既然走了，就不必再回来。

可是我不想我们再错过一次。

那么她依然在你身边不是吗？这次你会选什么？既然早都放弃了，恐怕有些东西已经找不回来。

他没有说话，我想，我们都太清楚我们的想法，我们的矛盾。

戒指一直都没有换吗？

呵呵，习惯了。

这枚名叫满天星的尾戒，曾经跟他在一起的时候就带着，因为年幼的我不甘心就这么跟另一个人联系在一起，告别了自由的单身生活。也曾因为没有换上他送的戒指令他难过过，后来一直再没有摘掉过。我想，孤单也会成为一种习惯吧。那个时候想过很多跟他一起做的事，一起旅行，一起坐在公园的长凳上，依偎在他身边，让他牵着走，一起坐摩天轮，因为传说，当摩天轮转到最高处，两个相爱的人接吻的话，就会永远在一起。可是这一切都不会再实现，尝试过接纳其他人给的幸福，但发现这些最简单的愿望，被寄托在一个人身上之后，就无法被另一个人取代，这种应该叫做幸福的东西却变成了伤感。我的恋旧情节可能在作祟了。

那天回到广州已经很晚了，他送我到家门口，我们看着对方没有说话，他一把把我抱入怀里，我彻底沦陷了。那天留他在家里过夜，可能是不想看他独自离开吧。可是，我感到很幸福。

第二天，他放肆地拉着行李箱搬进了我的领地，我没有撵他走。就这样，他在我这里待了有两个月之久。

有的时候我会早起，热牛奶，烤面包片，煎鸡蛋、火腿，也会跑到楼下的小市场买豆腐脑、油条回来，然后跪在床边叫醒他。出门前给他打好领带，然后他会弯下腰亲吻我的额头，微笑离开。晚上在家做他喜欢吃的菜，饭后一起看租来的电影。有时候晚上醒来，看到一个男人躺在身边，还怀疑他的真实性，想明白后，知道这一切是真的，感到很幸福。然后亲吻这个，有着孩子一样单纯的脸的男人，起身坐在餐厅的椅子上，抱着腿，喝一杯绿茶，看着茶叶在水中飞舞。有的时候我在电脑前工作到深夜，他会做坐在一旁的沙发上看书等我到睡着。关上电脑后，看着在沙发上睡得香甜的男人，有家的感觉。

很多时候，我们说很少的话，但是和谐，温馨。有时候我们躺在床上看着天花板，然后他也会说：谁让你吵着跟我闹"离婚"。

我说："谁知道你那么经不住考验？"

我们那时都太认真，都太不懂该怎么做，却固执地作愚蠢的决定。

那么你现在长大了吗？

我们这样聊着过去，嬉戏，散步，看星星，买奶茶的时候一口同声地说，不要珍珠。即使分开很久，却还保持着在一起时的习惯。我不知道他当时怎么想，我看着眼前这个穿着牛仔的，干净的，冲着我微笑的男人，那样熟悉，那样幸福，至少在那一刻，他是我的男人。只是害怕，害怕这一切都只是习惯，习惯了思念，习惯了牵着我，习惯了冲我微笑，习惯了躺在我身边。这种浓烈的幸福感背后，承载着同样剧烈的伤痛。害怕这种幸福太缥缈，太短暂，太不真实。我们都曾伤害过对方，都有我们不愿提及的痛楚，在给予和感受幸福的同时，他是否也负担着不可言说的伤感。为了让对方单纯的感受幸福，我们不说那些疑问，那些悲伤。可是我们彼此，又何尝不是清楚的感受这种荒凉呢。

我们不谈未来，不谈那个填充了他3年时光的女人。如果照他所说的是私奔，那么私奔就是这样吗？对曾经的他们并不了解，在那段日子，我避开所有的相关信息。他们的相识可能是饭局吧，据说她酒量不小，想必后来落言也经常从她手中拿过酒杯，一口饮了下去。在我看来能够这样饮酒的女人一定经历了许多沧桑，断然与我这样郁郁寡欢的人不同。她可以保护她，给他慰寄，而我通常只是个无理取闹的小丑。

我只是一个喜欢站在阁楼里，站在麦田中，站在铁轨上，拍摄自己梦境的人，悉听上帝的召唤。落言是个离家出走的孩子，厌倦了一成不变的生活。带着满脸的好奇，闯进我早已圈起的领地。落跑的孩子有一天会想家的，他会回到他应该在的位置上。

9月的一天，我坐在床上，落言站在窗边。他说：今天天气好美，天很高，很蓝。下午去了工作室，朋友说起，今天天气很好。另一个朋友说，进入秋天了嘛，秋高气爽。我恍然醒悟，原来夏天已去，某年的这个时候他也说过同样的话，原来他爱的不是夏天。

无意间打开他的邮箱，密密麻麻的思念，写着与我无关的话语。终于还是走到了这里。那天，我们一起去公园，他走在前面拉着我的手，很幸福，也希望能一辈子这样。可是，这是最后一次这样望着他了。看着他幸福满足的背影，感到哀伤，我开始越来越不明白，曾经两个如此贴近的心，为何如今隔着如此深长的距离。我已不了解他的心，不明白这个孩子在跟我做怎样的游戏。那些曾经莫名的哀伤编织成了真实。

　　我对他说，我要去一个遥远的地方，那个地方没有记忆，你愿意同行吗？他茫然。

　　那里是属于我的世界，可能你从来就不应该出现在我的世界。我们必定是路人，应该回到各自的位置上去吧。

　　我也在那个世界。

　　可是同样的世界，怎么会有不同的两颗心？

　　现在的我好像越来越能够接受生活中的种种，而并不感到隐忍或是不公。心平气和的接受一切，因为，因果并不曾亏欠我们什么。

　　两天后，我留了足够的钱放在朋友那里，让他帮我处理在广州后事。

　　我乘坐飞机，抵达希腊。

　　给紫嫣写了一封信，说蹩脚的英文，住在能够看到爱琴海的小阁楼上。房东是对夫妇，和蔼，亲切。这里的人都生活的悠闲甜蜜，散步到很晚，很晚吃饭，很晚睡觉，他们珍惜这美好的夜晚，来相知相爱。我站在一座塔楼，拍下这里温暖的夜，美到糜烂……

　　将手机攥在手里，只是看着那个名字一遍一遍地亮起。

　　就快消失了。

抬起头，看着天空中的星星，不知道落言是否也在看着这华丽的谢幕。终于明白，尾戒上的星星是怎样的情怀，落寞，接受，无奈……那终究只是些美丽的幻境，就像夜空中的星星，美丽却遥不可及……

一个月后，收到紫嫣的回信，她说，我们通过种种历练，然后感觉不到伤痛，这就是人生。

正如她所说，在这个宁静的古国，我收获了满眼光亮……

星星的微笑

石 芳

　　活着，如果只是不甘寂静的喧嚣，那就咆哮吧，让每个人都听得到。

——引子

　　夜晚和煦的夏风总是很清凉，校园操场上悠扬的歌声在轻轻回荡。欧阳泉，很安静地在座位上享受晚风送来的歌声，一只手支撑着棱角分明的脸庞，另一只手在本子上缓缓书写着。大概是想起了什么，他放下笔开始发呆。

一

　　从小生活在不富裕甚至有些贫穷并且充斥着暴力氛围的家庭中，欧阳泉无法再奢求什么，但还好有哥哥在。虽然残疾，但哥哥还是努力的爱护着他，体贴着他，无微不至的关心着他，从生活到学习。这已是欧阳泉莫大的幸福。

但哥哥这样的爱，爱得令他心痛。

二

那时的欧阳泉还是个活蹦乱跳、上蹿下跑、调皮捣蛋都敢上房揭瓦的疯孩子。于是也因此时常引得邻居登门造访，不为别的，只为告状："泉他爹！你家小子把我家花盆都给摔碎了！""泉他娘！你家小子咋还跟俺家老母鸡抢蛋呢！""泉他爹……""泉他娘……"

要是别家的孩子如此闹法，保准会天天挨打。欧阳泉却只是吃过几回"红烧屁股肉"，因为他有秘密武器——求哥哥帮忙说情。而哥哥的条件很简单，便是要求欧阳泉在家陪他多玩会儿。

但是那一天，欧阳泉的哥哥不再替他求情，不再帮他隐瞒，而是坐在轮椅上静静地看着这场惨不忍睹的剧目：

一个瘦弱的男孩衣衫不整地跪在眼里充满血丝的男人面前，而这个男人便是男孩的爸爸。

男人抬起一只脚踢向男孩的肚子，男孩便向后退了一段距离，粗糙的地面摩擦着男孩的双膝。男孩的泪早已哭干，此时只能紧咬牙，皱着眉将痛苦减轻。男孩微微抬起头恶狠狠地瞪着躲在男人身后的哥哥。他并不知道哥哥心里怎么想的，只是怨恨哥哥见他被打得这么惨却还不来替他解围。

哥哥也皱着眉头，心窝随着心跳一阵一阵隐隐作痛。他密切地注视着眼前这幕剧的发展，并轻轻地将轮椅转了个方向，好使自己能更清楚地看见弟弟。

而男人呢，似乎看见了男孩那双恶狠狠的眼睛，又似乎觉得踢一脚不解气，便举起他那只粗糙厚重的巴掌向男孩扇过去。

　　男孩在原地打了个转，一片鲜红随之出现。刺眼的红色洒在了床沿，洒在了男人的裤管上，洒满了男孩的双手。男孩嚎叫了一声，盯着满手的鲜血怔怔地发呆，没有哭声，没有流泪。

　　男人好像打上瘾了，又要伸手再补一巴掌。哥哥看到爸爸肩膀的动作，心中惊呼"大事不妙"，"腾"地一下就跳出轮椅，扑在了弟弟的身上。男人见大儿子竟然挡住了男孩，手上的速度明显慢了下来。但哥哥羸弱的身躯怎能低得住那厚重的巴掌，可他依然强忍着疼痛，他要在弟弟面前坚强些。

　　"别怕，他要是再打你，我就打电话给警察，把他抓起来！"哥哥在欧阳泉耳边小声却有力地说。此时欧阳泉才明白刚才的一瞬都发生了什么。

　　"哥哥，这次真的是我错了，你不应该替我挡那一巴掌。我现在才明白，你可以在鸡毛蒜皮的小事上包容我，为我隐瞒，当我的替罪羊，但学习是影响我一辈子的大事，你这次没为我隐瞒，是为了我以后的幸福生活着想。我以后再也不会逃课出去玩了，一定好好学习，不让你担心……"清秀的字迹伴着点点泪水印在欧阳泉的日记本中。

三

　　"哥哥！哥哥！你看，你看，你看！"欧阳泉太高兴了，刚进家门就嚷嚷。哥哥可没见过弟弟这么高兴的时候，但只闻弟弟其声，不见弟弟其人，于是很无语地回了一句："你到底让我看什么啊？""哎呀！我激动得连鞋子都脱不掉啦！"话音刚落，欧阳泉就出现在哥哥面前，着实把哥哥吓了一跳。

站在哥哥面前的欧阳泉大口喘着粗气，但满脸都是笑容。书包在背上斜斜地趴着，拉链开了也没发现，手里还拿着张红纸在空中晃啊晃，红纸都快被晃烂了。

"啪！"欧阳泉把纸往哥哥面前的桌上一拍，"看！这是什么？""英、语、学、科、年、级、第、一。"哥哥一字一顿地读完，并没太大反应，欧阳泉有点小小的失落，不过又堆起笑容在书包里摸索了一阵。

"啪！"

"总、分、年、级、排、名、第、一，嗯，比上次进步了一个名次，不错。"

话未说完，欧阳泉抢先道："这只是喜报。"

紧接着又是一声"啪！"

"三好学生？这不年年有嘛！"

"啪！"

"创新作文大赛，初中组，一等奖。你们学校里的比赛啊，我还以为什么大型的比赛呢！"哥哥的话里有小瞧欧阳泉的意思，脸上却挂满了笑。

"啪！"

"数学奥林匹克知识竞赛，一等奖？"哥哥终于被镇住了，难以置信地问，"你的？"

"那——是！"欧阳泉两手插在胸前，把胸脯挺得老高，头也别到一边微微上翘，两只不大的眼睛眯成了线，俨然一位骄傲的公子哥，"也不看看你弟弟我是谁！"

"对，你是我欧阳虎的弟弟嘛！当然厉害啦！"

"喊！我可是校内外迷倒万千少女的欧阳泉！"

"哈哈……"

"哥哥，你好久没有笑得像今天这样开心了。我以后会带更多的奖状回来的，我想看到你天天都在笑……"欧阳泉一笔一划地在日记本上认真地写着。

四

"阿泉，咱玩个叫'白日梦'的游戏吧。"黑暗中从床的另一头传来哥哥的声音。马上就要被周公接走的欧阳泉一个机灵睁大眼睛兴奋地喊了出来："好！"他知道，哥哥玩游戏的点子最多了，这次一定也是个好玩的游戏。

"你说，如果我有的是钱……"

"那我呢！为啥不是我有钱？"

"你不还上学嘛！我供你上最好的学校，派专车接送，那要多帅有多帅！我的阿泉就真成了迷倒校内外万千少女的小少爷了！"

"不，不，我还要从现在的学校上学，也不要专车接送。如果你真要给我点什么，那就从学校附近给我租间小屋吧，我不想再住在别人家里了。"

"那就在你学校附近盖个大房子，至少七层，楼上楼下都是咱的。再把姥姥、爷爷接过来一起住，这样他们住得舒服些，姑姑们也不会小瞧咱家穷了。"

"我还想把附近失业的人招来咱家干活，他们也能挣钱，怎么样？"

"好主意！房子要盖成什么样呢？总得有玩的地方吧！"

"嗯。"

"它得是个魔方的样子，还要真的会转。"

"嗯。"

"有个室内篮球场，我看着你打球，怎么样？"

"嗯。"

"给你那学校提供些赞助吧！"

"嗯……"

"要不再捐一些给希望工程和那些非洲难民？这样你高兴了吧？"

"咦？怎么不'恩'了？阿泉？阿泉！"哥哥轻轻叹了口气，心想这可爱的小弟弟看来是睡着了。

夜静悄悄的，哥哥的脑袋歪在枕头上，静谧的月光照在他微微上翘得嘴角，他欣慰地闭上眼：阿泉这么有出息，这些白日梦他自己去实现吧。"呵呵"，哥哥笑出了声。

"哥哥，这个假期过得好开心呢！每晚都可以听你讲故事，听你讲'白日梦'。可是那晚我没听你把'白日梦'讲完就睡着了，真可惜。你一定不知道我的'白日梦'是什么，如果我有的是钱，我一定先把你的怪病治好，在给你建一个大房子，和你'白日梦'里一模一样的房子。不！我这个不是白日梦！我要让它变成真的！"

五

新学期的第一个礼拜总是过得很慢，这周最后一堂课的下课铃声刚一响起，欧阳泉边拎起书包直奔车站。他很兴奋，虽然每

次回家都是兴奋的，但这次因为惦念着哥哥的那个"白日梦"尤为兴奋。

"葛——鬲！"终于到家了，欧阳泉太兴奋以至"哥哥"都变成了"葛鬲"。但刚进卧室，他的兴奋立即被扑面而来的恶臭味湮没。"哎呀！哥哥，你这怎么有股肉腐烂的味道？"说着，欧阳泉使劲扇着鼻子前的空气。他并没有发现哥哥眼睛里隐隐闪过的一丝忧伤，只听哥哥开玩笑地反驳："我又不是腐肉！我咋没闻到啊？"接着话题一转，"来，听听这首歌，我很喜欢的。"

桌上笨重的老式录音机里传来怪怪的歌声：

"我说自尊啊，看起来或许可笑，但它至少撑着我，试着不让我跌倒……"

"哈哈哈！"欧阳泉因这扭捏的歌声笑弯了腰，他强忍着笑对满脸挂着问号的哥哥解释，"自尊本来不可笑的，但他用这怪音唱出来，让人不想笑都难，哈哈哈……"

"咔！"哥哥叹息着关掉录音机，"上个礼拜我还没讲完那大房子怎么盖呢，你就睡着了今晚继续啊。"

"嗯，好！"欧阳泉把头点得犹如小鸡啄米。

"哥哥，真对不起，昨晚我又提前睡着了，没有听到你讲的大房子。我想那一定很雄伟，很壮观吧……"台灯下，欧阳泉嘟着嘴写下了这行字，他很后悔入睡太快，又没能够听成哥哥描述大房子。

六

未来是不可预知的。欧阳泉怎么也不会想到，下个礼拜将要发生的事……

七

这天一大早，阳光就明媚得刺眼。欧阳泉的心情很好，甚至在上学路上还哼起了小曲。

昨晚哥哥往他寄宿的地方打来电话。欧阳泉早就盼望着这通电话的到来了，铃声一响起便飞到电话旁抓起话筒。果然，话筒那边传来哥哥熟悉亲切的声音："阿泉，明天你过生日想吃什么？等你周末回来的时候我让阿妈做好，给你把生日补上。"

欧阳泉想到这，加大了步伐，甚至跑起来了。他以为只要他走得快些，时间也会走得快些，这样就能快点到周末回家见哥哥了，当然还有那一桌美味的饭菜。

可是放学后的事，永远也不会从他脑海中消失，但欧阳泉不愿记起，更不愿承认那些都已成事实。

他不愿承认停尸房里那具未瞑目的冰冷尸体就是平日里亲切的哥哥；不愿承认灵车上狭窄的棺材里就是夜夜给他讲稀奇古怪的故事的哥哥；不愿承认手中拿个沉重的骨灰盒里就是有着伟大"白日梦"的哥哥；不愿承认……

八

书桌上，日记本被透着料峭春寒的夜风一页一页地翻动。日记本停在了最后一页："哥哥，我再得什么奖状你也不会笑了；即使

我盖好大房子你也住不进来了。这些还有什么用！"欧阳泉坐在床上盯着这最后一行字发呆。房间空荡荡，金的，红的奖状和喜报在墙上静静靠着。欧阳泉起身将它们一一摘下，叠好，并同日记本一起埋在书箱的最下层。

九

三年过去。欧阳泉躺在原来破旧的小床上，他的脸变得棱角分明，英俊的脸庞上挂着忧伤。

三年里，哥哥那双睁着的眼睛时常在他梦中出现，忽近忽远，却始终没有焦距地望着远方。他不知哥哥放心不下什么。

黑暗中，那双没有焦距的眼睛又出现在墙角里，慢慢移动着，向欧阳泉靠近，他紧张地屏住了呼吸。眼睛周围渐渐出现清晰的轮廓，是哥哥的身躯。欧阳泉激动地坐起来想要拥抱上去，哥哥却阻止了他，并从床边坐下，开口道："阿泉，你知道吗？当你仰望夜空时，那颗最亮的星星就是我的眼睛，所以阿泉要乖啊，不要太调皮了，我会看着你的哦。没有我在你身边你会寂寞么？寂寞的时候就把心事写在日记本里吧，我会看到的。还有，你要好好活着……"哥哥的话还没说完，身形已渐渐消失。欧阳泉耳畔响起了熟悉却又奇怪的旋律，他慌忙寻找着声音的源头，而它却戛然而止。欧阳泉发现自己躺在床上，额头沁出一层层汗。

原来是一场梦。

✚

　　欧阳泉放下支撑着脑袋的手，又开始在日记本上缓缓写着："哥哥还记得么？那年冬天你推荐给我听得那首歌，我把它听完了，接下来的歌词是'活着，如果只是不甘寂静的喧嚣，那就咆哮吧，让每个人都听得到……'活着，的确是一件弥足珍贵的事。我一定会好好活着，我还要给你捧回好多奖状，我还要做一名出色的建筑师给你盖你想要的那个大房子……"

　　"活着，如果只是不甘寂静的喧嚣，那就咆哮吧，让每个人都听得到……"校园里不知何时响起了这首熟悉的旋律。欧阳泉望向窗外那渐渐变蓝的夜空，暖暖的夏风拂过他的脖颈，那颗最亮的星星似乎在对着他微笑。

第二部分

追随梦想的脚步

　　有时候感觉，我也许属于夜空，本该是夜空中的一颗星，我看着夜空，时而忧郁，时而轻松，时而轻飘飘地掠过了天空，夜从不给人类留言，它把问候留给了花草树木。

——高璨《追随夜的脚步》

那些逝去的阅读时光

张牧笛

一、书，生命的调色板

如果《婴儿画报》可以算作是书的话，那么，我的阅读起始年龄就是一岁。

耳濡目染，还是天性有缘？从小，我对书有种超乎寻常的热爱。不仅喜欢看，还很懂得珍惜，从不撕页、折角或在书中信手涂鸦。偶尔从别人那里借来一本，更是加上几倍的小心，总要包上书皮洗干净手再去翻，惟恐弄脏弄皱弄散了它。

不到五岁开始读字书。没有谁特意教过我识字，爸爸妈妈至今不明白我是如何"自学成才"的，我自己也不明白。幼儿阶段，我最喜欢的事就是读书——读儿歌，读童话，读寓言。也许天性使然，我读书比较有定性，不容易受外界影响。上学前，我读了很多童话合集，故事合集以及连环画，大量的阅读，丰富了

我幼小的心灵世界，也让我隐约意识到，人类想象的天空是多么的宽阔和自由。

对我来说，十一岁是个值得纪念的年龄。之前，虽然读了很多儿童小说和长篇童话，但我的作文并不出色。说来有点不可思议，是一本《作文描写词典》激发了我的写作热情。当时只是信手一翻，却被震撼了！我看到的不仅仅是美丽的词语和词汇，更多的是世界本来的面目。我第一次发现，自己的精神深处，原来也有一座与大千世界相互对应并息息相关的家园，我只是还没有学会，如何把它准确生动地表达出来。

十一岁起，我的阅读变得丰富起来。我用了一个星期，读完了第一本"大部头"——《飘》，接着，又读了《荆棘鸟》和《简·爱》，读得懂和读不懂的部分，都保留在我的记忆里，我想，这就是世界在一个孩子心目中形成的最初的影像。也是从十一岁起，我开始写阅读笔记，《生命无悔——读〈老人与海〉》、《与青鸟幸福飞翔——读〈青鸟〉》、《永不停止的青春之歌——读〈青春之歌〉》、《夷佶的天堂——读〈荆轲〉》……这些文字都被完好地保留着，它们记录着一个孩子对自然对世界对生命最初的理解、思考和感动。

还是十一岁，读了《汪国真诗集》之后，我突然对诗歌萌生了浓厚的兴趣。我写的第一首诗歌，《人不长大该多好》，就是从诗集中扒出来的题目。这首同题诗后来被选入北京少年儿童出版社的《感动孩子的一百首童诗》。那时没想到，几年之后，我能写邮件给汪国真老师，表达对他的感谢和尊敬。

二、读书是一种兴趣

　　我一直向往传统的书斋生活。"苔痕上阶绿，草色入帘青。谈笑有鸿儒，往来无白丁。"坐在素洁的窗下，读一本素净的书。身下是素朴的竹椅，窗外是随风轻摇的素枝。如果手中的书，又刚好符合自己的心境和精神气质，读书则是件多么赏心悦目的事啊。

　　每次走在大街上，我最抵挡不住的，就是书店的诱惑；而一旦走进去，十有八九会踽踽独步书间，指间满是油墨的香气。我的零用钱基本上都用来买书。我不喜欢读借来的书，它会让我有种紧迫仓促之感，读时便很少能从容踏实地摩挲思想，妙悟人生。当然，买书是很破费的，时常要牺牲掉其他一些美好的欲望。

　　家里的大部分空间都让给了书籍，就像梁实秋老先生所言："古圣先贤，成群的名世作家，一年四季地排起队来立在书架上面等候你来点唤，呼之即来挥之即去。"其实这个不断膨胀的空间是永远也不会被占满的，因为，被我阅读过的书在尘世间是懂得隐缩的——当其精华已经遁入并滋养于我的心灵。

　　我的读书无计划，也无规则。无论经典著作还是畅销书籍，我都能读得津津有味。正书也罢，闲书也罢，或动容，或垂泪，或慨叹，对我来说，感动就是感动，没有阳春白雪与下里巴人之分。虽说书不尽言，言不尽意，但"唯有好学深思之士，心知其意"。打动人心的艺术往往是因为它的质朴而不是艳丽，如同世间最清澈

的，永远是孩子的眼睛。

读书是我身心最为宁静的时候，常常物我两忘，与一本书相看两不厌以至通宵达旦的事间或有之。至于我在书中得到了怎样的震撼或者感动，却很少和别人说，仿佛这是我的一笔财富，珍贵得不愿拿出来与人共享。

因为有了兴趣，读书所给予我的，才不仅仅只是一种缤纷的色彩，而是生活中铿锵作响的快乐的质地。每当柔和的灯光浸润四壁，一卷在握，那读书的感觉便一点点地美妙起来，像是品茶，精致而富于悠长的韵味。

想象不出，没有书相伴的日子，会是怎样的了无生趣。

三、书之味

我从没把读书当成一件苦差事。书的馈赠，得于眼，而感于心。以至每次我从这个精神花园归来时，别人常常会惊异于我突然间的成长。

当然，并不是随便读点什么都能算是阅读。周国平曾经说过："真正的阅读必须有灵魂的参与，它是一个人的灵魂在一个借文字符号构筑的精神世界里的精神行为。"所以，读书，总是要选择纯正的、有深度的、有品位的名家经典，才会陶情怡性，启迪心灵，开阔胸襟和视野，才会有益于一个人的社会价值和人生态度。读书，要力拒肤浅、庸俗、低级趣味和哗众取宠。阅读的质量，直接关乎一个人的精神状态和人文素质；阅读的风尚，更是关乎整个社会对文化价值的传承程度。

现在，我们的身边有着太多的被当成教材的书，也有着太多阅读教材的孩子。但我怀疑，一旦阅读被绑附了功利的行为，一旦好端端的人文读本被涂染了应试色彩，那么，"悦读"便成了"苦读"，极品也淡化为快餐。

海德格尔的一句名言概括了现代人的精神危机："存在的遗忘"。小报杂志取代了经典名著；看电视上网取代了听海赏月；缆车取代了真正的攀爬；游乐设施的刺激取代了精神上的冒险和愉悦。于是，经典文献有了"绘画"本、"漫画"本、"简缩"本以及多媒体，"视书"、"翻书"、"听书"取代了传统意义上的"读书"，浅尝辄止取代了精细和深入，消遣取代了思考。这样一个消解文字的时代，一个读图的时代，一个繁杂浮躁的时代，注定，踏踏实实求知做学问的人也越来越少。我们正在慢慢地离自然而去，离人文思想而去，离精神上的高度和要求而去。

我有个酷爱雨果的好朋友，曾经捧着一本《九三年》对我讲："我真想去为雨果守墓！"多么天真的愿望，却充满着孩子气的真诚和敬重。我不由得想起自己小时候读《聊斋》，是一定要搬个小板凳坐到阳光下去读的，因为，阳光下只有故事，而没有鬼气。

我曾经从书架的最底层翻出几本上世纪80年代出版的安徒生童话的小册子，薄薄的，淡绿色的封面，繁体字，插图非常的古典，只是纸张都泛了黄，散发着潮湿的味道。但不知为什么，比起簇新华美的精装本，这样的小册子更能给我的阅读带来一种奇妙的期待和激动。《小鬼和太太》、《踩着面包走的女孩》、《沙丘的故事》……我一本接一本地读，发现它们距离完整差得

很远。有一天，爸爸从旧书摊淘回一本皱巴巴的《曾祖父》，同样淡绿色的封面，同样泛了黄并散发着潮气，对我来说，却是意外的财富，甚至爱惜到了舍不得马上去读。那个晚上，我像个守财奴一样的开心。

追随夜的脚步

（外一篇）

高　璨

　　有时候感觉，我也许属于夜空，本该是夜空中的一颗星，我似乎可以读懂漆黑的夜。

　　常常凝望夜空，无字的黑屏，才是真正浩瀚的思考，蕴涵着无限的遐想，黑夜之所以无限是因为它的难以琢磨。有多少人在观察它，研究它，而实际上一想，大多数的天文望远镜都被星星月亮所吸引，也许真的有人想要观察夜空，但看着看着还是被那些星光转移了注意力。

　　有人说，夜空是因为星星月亮才炫彩，是因为乌云才神秘，所以夜空本身并没有什么。

　　错了，完完全全错了。

　　那些美丽的星与独一无二的月亮是因为有了夜空才有了自己展示的舞台，那云也是因为夜空才可以变成瑰丽的金黑色，夜空默默

无闻，它的心中是怎样的一种冷。

夜空一点也不可怕，它长得很漂亮，很神秘，夜空一定有自己的城堡，那城堡也许在深海，四周漂浮着暗绿色的植物；也许在很远很远没有人类去过的地方，那城堡很暗，很大，我们在夜里根本看不见它，因为它是夜的颜色。

夜有一件巨大的长袍，它的周围有很大的风使黑色的长袍飞扬，夜的长袍颜色诡异。最末端是透明色，越往前就掺了黑色，然后黑色越来越深，到紧扣夜的肩膀的那一粒纽扣就完全呈现出夜的颜色。

夜来的时候长袍穿在前面，所以天随着夜的走近渐渐黑了，夜离开的时候长袍披在身后，所以随着夜离开的脚步天空渐渐透明，黑色在淡淡地退去。

谁制作出的这件长袍，做工如此精细甚至没有一点皱褶，我欣赏着夜空，无法分辨出哪里是夜哪里是长袍。

试着在黎明，黑夜还没有完全离开，也就是它的长袍还在空中慢慢移动的时候放风筝，放得很高很高，我用了非常多的线，为了让风筝飞得高，然后挂在了夜的长袍末端唯一尚未光滑的一个棱角上，让夜带风筝走，我随风筝走，就可以知道，夜到底去了什么地方。

可是无论我用了多长的线，放了多长时间，即使风筝已被淡淡的夜色笼罩，风筝还是没有找到那个不光滑的地方挂住。从凌晨至黎明，我被浓浓的倦意裹挟着跑，拉着风筝跑，还是没有跟上夜的脚步。

昂贵的黑宝石躺在橱窗里，看着和自己一样肤色的夜来了又去了，无限的自由在天际散漫，还常常怜惜地看着黑宝石，似乎是夜丢失了人世间最珍贵的东西。

凝神望夜，我多么希望自己化成一缕风融入夜色，让我拥有不发光的自由，没有价钱的自由，世俗买不到的自由。

有时候感觉，我也许属于夜空，本该是夜空中的一颗星，我看着夜空，时而忧郁，时而轻松，时而轻飘飘地掠过了天空，夜从不给人类留言，它把问候留给了花草树木。

晶莹的露珠，恬美的问候，每天清晨，我在草丛边，我要第一个读到它。

风在轻轻说

秋天似乎就这样接近尾声了，用力不从心的阳光投射下自己最后的身影，斜靠在走廊拐角的那团暗影，被风打磨得越发淡了。不知那个身影是谁的追随者，不知是谁给了它生命，也许仅仅是一辆自行车，或是镂空的砖墙外洒落进来的斑驳的叶影，或者是一只野猫静止不动的遐思。

风如流水一般，带着流逝的云一起流逝，在天际下沉。缓缓流动的风吹过我，总让我有一种想要追上去的感觉，也许是因为我追不上风的身影，我甚至相信风就在吹过我的一刹那间消失了，它的面前时时刻刻都会有一扇门，一扇带它寻遍天涯海角的门。因为，无论我的反应多么敏捷，我也无法听见风的下一次喘息声。

这是很久以前的事了，至少在风还比较稚嫩的时候，我渐渐放弃了这一追逐，我的追逐是徒劳的，会使我的思绪圈圈缠绕在一起，越发离谱的想象，往往绕在里面找不到了出口。而如今风也渐渐大了，它的跑步速度在快速地提高着，它也许很多次触动我记忆

深处的那潭深幽的泉水，可是我不会再去快速地追逐它了，甚至连手指也不愿再去碰撞一下风的脚步，我仅仅是淡淡的一种浮现在面孔上的笑。也许风已经不再使用它的那扇门了，也许我也完全可以追得上，但是一切都已是往事了。我唯一能做的，与曾经相似的地方，就是在风中淡淡地微笑。

台阶上的一束不知名的花，淡淡的紫色向往着天空，风无奈而出神地就坐在花儿的身边，摇曳的花朵默默摇头。它不是蒲公英，它无法将自己的渴望送上蓝天，所以它哀怨，可是风儿在它的耳边，叙述了一个很长很长的故事，关于蒲公英飞翔前那种分离的感受，对此，花儿表示沉默。一切理想都要付出代价，花儿在心中反复揣摩这句话，想叹息，又忘记怎样叹息了。

又是一个深秋，又是一个风很自由的季节，漫天的黄叶不知是风的画纸还是风绘出的风景，这是风一笔带过的壮丽与散漫而又不失气质的文笔。待风渐渐平息，我用手中的一本微微卷曲的书伸向空中，将会有天使带给我礼物。有几片枯叶，艺术品似的静静躺在我的书微微卷曲的微笑旁。我希望能从中获得什么灵感，因为我太惊异于秋天的诗意了。如婉约派的诗人将月光刻在水面，箫声使之微微颤动，微微荡漾。

蝴蝶都睡去了，它们不会在秋天飞翔在我的眼前，还是因为每个人的眼睛在秋天是看不见蝴蝶的，因为那些叶太绚丽了，飘飞的舞姿太华丽了，所以明明存在的蝴蝶此时却看不见了。也许蝴蝶是夏天的梦，只在夏天纷飞，只为夏天飞翔，秋天察觉不到夏天的梦，所以欺骗了我们的眼睛。

如果是这样，那么在夏天，所有人都相信梦了，这真的是一个梦幻的季节。

　　又是一个深秋，又是一个深秋的歌唱，钢琴都安静了，只剩下丝竹乐器——用风演奏的乐器，还在远方但是又在耳边的地方，轻轻演奏着。深秋，它并不属于一个季节，它只是一个季节的尾声，上帝总是这样，把一切美好都书写在了结尾，结局总是充满诗意的。

　　所以，我们静静地等待这一切过去，等待美丽的结局吗？那一束不知名的小花又在默默地问了。

　　结局的诗意与美丽是过程中的微笑与幸福开出的花……风又伏在花儿的耳边，轻轻地说。

青春的风铃

（外一篇）

杨雨萱

在网上闲逛时，看到了郭敬明和韩寒的网站。由于喜欢，就进去转转。

我很喜欢郭敬明的书和韩寒的书，每一次他们出书我都会买回来细细地看。自从读了郭敬明的第一本小说，就我迷上了他凌乱、在颓废中又阳光的笔调。每一次读他的书，我都会坐在阳光下看。暖暖的太阳，柔柔的却又让你心痛的语气，在字里行间透出一种灵魂的穿透力。让我感受到青春的涩涩味道。

在我们这个年龄渴望着爱与被爱，都梦想地去做着"灰姑娘白马王子"版的故事。可有时真的连自己也搞不懂：到底什么是爱情？也许，是因为我们还只是那青涩的果子，却不由自主地去喜欢做那美丽而不切实际的梦。

小A和小B是我的死党，现在虽不在一个学校了。但是，也经常联系。小A和小B她们都有了自己的王子，并且还领来让我这个好友看了。

见到小A的男友是在一个午后，夏日的阳光热辣辣的，照在身上像是镀了一个橙黄色的光圈。和小A说了声"再见"。走在回家的路上，我有些落寞的感觉。照理说：我应该为小A感到高兴，可心里总感觉有些怪怪的。

前天，见了小B的男朋友。因为是七夕情人节嘛。小B的男友送她一大束玫瑰花。看她和男友在一起幸福的笑容。我的耳边想起了那个雪天，小B对我说：要和我一起去韩国寻找梦想的话。我很想问小B："是否还记得？"可是看到她幸福的样子，话又咽了回去。

我觉得自己真是个怪人。我的脑海中总是浮现出一幅景象："一个偌大的城市，我在天桥上看着下面来来往往的人群。夜风从耳边穿过滑向远方，而我只是站在天桥上看着人群，汇聚之后分散，分散之后汇聚。"我想到韩国去，是因为看了几本韩国小说的缘故。不过到现在，爱做梦的我仍不想放弃这个美丽的梦，也许那只是一个白日梦！

我也很期望，有一个白马王子出现在我的生命中。因为，我也是一个普通的女孩，也有着灰姑娘那美丽的梦想。但我也知道，那梦想对于现在的我来说：终归是梦想而已。因为我们毕竟是十五六岁的中学生，现在的任务就是学习，学习能立足社会的本领。这些都不允许让我们涉足什么是爱情这个话题。

我认为爱情：应该是圣洁的、美好的、成熟的，所以不能轻言爱。我们这些中学生毕竟还很小，就是那一颗颗青涩的果子——还没有成熟的果子。所以我想：老妈，大可放心，我不会早恋！

虽然有时，我也真的真的挺羡慕他们。可是，我明白现在果子

的苦涩，所以，我会等到成熟的时候在去采摘。不应该是现在，而应该是将来。——是我们羽毛丰满、能展翅高飞的将来。

我和父母的谈话时，我总是避免出现"爱情"这个话题。但现在，我忽然间觉得，我不应该拒绝成熟，我应该坦然面对青春。去认真的走好每一步，而不是去逃避。

忽然一阵猛烈的咳嗽。咳完之后，已是泪流满面，心底有一种难以言表的痛。

青春的滋味

"太阳下山明早依旧爬上来，花儿谢了明年还是一样的开，我的青春小鸟一去不复返——"小时候就听过这首《青春舞曲》。只是那时读着《安徒生童话》的脑袋里对于青春的意义还不太清楚。

时光如流水匆匆而逝，树的年轮一圈圈增长。十个春夏秋冬后的我捧着《简·爱》，而不再是童话读得津津有味，不再为公主有恶毒的后母哭泣，而是为简和丑陋残疾的爱德华之间的真爱感动。

我想这就是成长，是青春的滋味。

"死生契阔，与子成说。执子之手，与子偕老。"每每读起这句，心中总会百转千回。当我因青春易逝而感伤时，读到"韶华不为少年留"心里响起共鸣。

岁月的留声机从回忆深处唱响，青春的枝头一点点开始郁郁葱葱。

处于青春期，面对花季、雨季。总是莫名的，心中就会如沙漏里的沙绵绵不绝的涌起一阵阵忧伤。觉得青春的天空是灰色的雾霭洒满云端。喜欢上忧郁的伤痛小，读那些时，从眼角滴落的泪水像是找寻不到出处的惆怅发泄的堤口。喜欢读郭敬明和安妮的书，喜欢那些看上去柔软如绕指柔，实则却是痛苦决绝的文字。

这就是青春，明媚而忧伤的滋味。

受童话故事的影响，总认为王子会骑着白马带着公主回家，在梦幻的城堡里幸福快乐的生活。

对于年少的爱，也是怀揣着这份幻想。可是梦醒后才会明白现实不是童话。

年少的爱情是走在桃花盛放的树下，兜头洒落的花雨。一瞬间，世界暗香涌动；清风吹拂，就会随风而逝。这样的爱情、美好的幻想却不是真实的生活。

青春的滋味，美丽的幻觉

后来读到辛弃疾的"少年不知愁滋味，爱上层楼，爱上层楼，为赋新词强说愁"，如同渔人在漆黑的山洞里看到一丝丝光亮，走出山洞忽地看到"有良田美池桑竹之属"的桃花源一样豁然开朗。静下心想一想，以往在那名为"青春"的隧道里摸索着走过的路，竟有种恍若隔世的感觉。

青春是一道伤，成长就是那种痛。弥漫的痛楚渐渐消散，尔后趋于平静是青春的滋味。

那一片沉默

刘家玲

在沉默中，凝聚着一份深沉与感动；

在沉默中，传达着一份关爱与勉励；

在沉默中，我屹立，奔跑，翱翔。

——题记

那一年，我步入了高中这一艰苦的学海生涯，他带着一份深沉把我送入了一所理想的中学。在起程的路上，他留下一句很平静的话："我把你送入教育质量数一数二的学校，成败在你……"虽然短短几个字，却让我平静而喜悦的心一下子波澜起伏，心中一份责任油然而生……隔着车窗，沉默的脸庞渐渐远去，我转过头，鼻子一酸，泪不听使唤地流了下来，天灰蒙蒙的，如此寂静，我不觉陷入了一片沉思……

离开家的日子，少了一份争吵，少了一份叮咛，少了一份喧闹，不觉有点孤单。闲暇时，陪伴我度过的是那一阵阵欢声笑语和那一摞摞让人恐惧的书。突然怀念母亲的喋喋不休，但唯有那一片沉默让我驻足，回味。我突然觉得那令人恐惧的沉默，让我无法释怀。

从小到大，很少看到他笑的样子，不管开心或是伤心，他脸上总是只有一种表情，一种沉默而平静的表情。因此，对于他我多了一分猜测，小时候，天真的我总是想方设法逗他开心。偶尔，他只要看到我惬意的笑，就会不自然的咧开嘴巴。在我心中，这已是最大的安慰。他总是会给我讲一些深奥的故事，那时，我难以理解那深藏的寓意，直到后来，我才明白……在每次夕阳落幕时，我抱着优异的成绩赶回家，把成绩通知单递到他手上，他只是平静的阅读，眉头收紧，又舒展开来，却看不见他的喜悦。有时会吐出几字"不错"，"有待加强"。因此，对于他的反常，我早已司空见惯。

时间匆匆流逝，那一份深沉依然还在。对于陌生的环境，我的内心变得越来越复杂，望着那一份份惨不忍睹的卷宗，我哭了……那一晚，天空一直飘着小雨。我感到陌生，一直沐浴在阳光中的我，那一刻，感到无比凄凉，就像鱼儿失去了水，不能呼吸。我拨通了那熟悉的号码："爸，我想回家……""孩子，累了就回来吧！"或许他一直都了解我内心的委屈吧，我感觉像卸下了千斤重担……

带着惆怅，回到家中，他不问什么，依旧一片沉默，我知道那是属于我的专有待遇。令我惊奇的是，一桌丰盛的晚餐等待着我。由于不开心，我决心放开肚皮吃，他就那样一直看着我，沉默着……突然，他开口了："这是你上次跟我提过的，我给你买了！"一部学习机摆在我面前。我停了下来，"哦……"！"高中这三年很辛苦，你一定要坚持下去，为了你自己！"这是我第一次听他说鼓励我的话，我鼻子一酸，眼泪流了下来，但我马上拭干了眼泪，躲开了他的视线。"爸！我明天就回学校！"我转身跑了。"去吧，孩子。"他笑了，第一次，那么灿烂的笑。

我终究还是踏上了我的奋斗旅程，我知道在那一片沉默背后，有着他千句叮咛，万句嘱咐；在那一片沉默背后，有着他无尽的关切与期望；在那一片沉默背后，有他无私的爱，博大的爱。是他，让我觉得这样的艰辛不过是沧海一粟。在跌宕起伏的道路上，每一次跌倒，想起他的沉默，我便会奋起，便会坚强，让我毫不畏惧……

在这一年的学海生涯中，我想说："爸，在你的沉默中，我会屹立，我会奔跑，我会翱翔……"

握紧我的手

李段霞

灯灭了，宿舍里一片寂静，静得可以听到舍友们的呼吸声。

今天是一个特殊的夜晚，因为明天我们将上战场展开一场"不流血的战争"，寒窗苦读了九年，也许只为了三年后的高考能如愿以偿。今晚，我没有任何压力，因为毕竟只是中考。我让自己的思绪驰骋在广阔的草原上，一只美丽的蝴蝶停在我的胸前，好漂亮……渐渐地，我进入了甜蜜的梦乡。

突然床震动了两下，随即传来了同伴的呕吐声。我一下子从睡梦中惊醒。只见她像一只受了惊吓的小猫蜷缩在床头，呼吸急促，全身颤抖，嘴里还不停地说："怕，我怕……"

我很快穿了外套，从床上跳了下来，给她倒了水，然后给她了一条湿毛巾。就在我递毛巾的瞬间，她一把抓住了我的手，话没来得及说，又拼命地吐了起来。茫然不知所措的我，只能轻轻地拍着她的肩，安慰她："不要紧，每个人都要过这一关，勇敢一点，毕竟这还只是中考。"

"你，你不要走，陪我一起睡！我好怕。"我愣住了，因为我

很了解自己的习惯，一旦跟别人挤一张床肯定是睡不着的。更何况明天是中考的日子，休息不好一定会影响发挥的，我该怎么办？我的心怦怦直跳。夜真的深了，我也真的困了。于是，我轻轻地拍了拍她的肩膀："早点儿睡吧，明天一定能考好的。"就在我刚回到我的床上准备睡下时，她又吐了，而且比上一次更加厉害了。借着走廊里微弱的灯光，我看到了她苍白的脸上写满了恐惧与不安，她的呼吸更加急促了，眼里只是无助、失望，却没有泪水。

我的心像被割了一个很深的口子，很痛。我知道我不能那么自私了，同窗三年，今天也许才算患难见真情。我握紧了她的手，我要让她感到温暖，感到有一股强大的力量在支持着她，有一颗炽热的心在鼓励着她。这是我有生以来第一次感到我是给予别人生的希望和勇气的人。她蜷缩在我的怀里，用她的手紧紧地握住我的手。真的，那一刻，我感到了一股不可遏制的力量正从我的体内注入她的心房。她的呼吸渐渐趋于平缓，身体不再颤抖了，很快进入了梦乡……

这一夜我彻夜未眠，此刻坐在考场里的我有一种昏昏欲睡的感觉。但我一定会振作精神，争取发挥最佳水平。同时，我也真诚的祝福舍友们能如愿以偿，面对一切挑战，成为一个真正的强者。

远逝的梦

辛学静

　　"天街小雨润如酥，草色遥看近却无。"细雨滋润着大地，万物焕发着生机，大自然到处都是和谐的气息。远处连绵起伏的山峰烟雾缭绕，眼前弯沿小径留有游子离去的足迹。不禁勾起心中的思念，昔日繁华的危楼、美丽的自然风景仍在，但曾经的欢乐已随君远逝。唯有佳人独赏。

　　回想曾经与你分别的情景仍然历历在目，你我誓言不时地在耳旁回荡。因为战事的紧张，战争的需要，你不得不背井离乡到战场上释放你那满腔热血。

　　当你收到参军的书信时，你踱步徘徊在大堂。看着你束手无策的神情我欣然站出来，问你情况。我很清楚你心中的矛盾，既想带军杀敌，又担心家中大小事物由谁处理。我问："事情紧急吗？"你点点头好像有话要说，可你只是叹了口气。接着我说："你什么时候出发，要去多久？"你回答："参军刻不容缓明天就要出发，去多久不好说，但战争一旦胜利了我立刻回来。"

　　早晨，天气尤为阴沉。露珠在叶子上滚动，偶尔吹着一阵凉

风。双手递上你的包裹，满腹叮嘱此刻却吐不出半个字眼。无限不舍依恋尽在不言中。想要再次看清你的面庞，却变得模糊不清。直到最后那一刻你开口说："相信我，我一定活着回来。"我使劲点点头。看着你离去的身影渐渐消失在我眼前。心中不觉感到一阵空虚，头脑一片空白，自己仿佛失去依靠的支柱。今后的生活该怎样过。

因为坚信你的誓言，我每天都带着希望生活。独自一人登上高楼远眺，总希望能够在第一时间看到你归来。飞鸟归巢，大雁南飞，渔夫回家，什么时候你才归来。

远方的你战况如何？战事是否激烈。收到你的家书，让我非常兴奋而又更加担心。家书中你写到战事的严峻，战争的残酷，塞外士兵对家中亲人的思念。看到此句心像火烧，恨不得自己也随你去。

光阴如箭，箭箭穿心；岁月如梭，梭梭滴血。春去秋来、花开花落，对你的思念依旧强烈，我常把思念想象成无数叶雪一样洁白而轻盈的小帆，让他们从远方乘着几分忧伤的细浪驶过来。我常把思念幻化成无数条丝一样光洁而细腻的小路，让他们从山顶上乘着几分忧郁的云飘下来。

听到有关消息，国家无心应战也不主张战争提出议和。奋勇杀敌想要精忠报国的你，收到这样的指令，是否会感觉到心灰意懒从而失去斗志。面对国家政府的妥协、让步，内心是否充满愤怒埋怨。与士兵多年的苦战最后换来的却是国家的议和，此刻内心无法平静的你是否有地方抒发你的感情。你可知道家中有人在无时无刻的为你担心。

国家政策最后还是推行，塞外的士兵也纷纷归来。心情无比激动的我来到危楼等待你的出现，希望你我能够第一时间交汇目光。夕阳西下迟迟看不见你的身影，家中有人来投有你的消息。当我赶到家中看着一个疲惫不堪的士兵心里猛地惊了一下。他拿出手中信物转达你让我好好活下去的叮嘱。你都已随风而逝为什么还要让我为你而活。你可以不守诺言那我为什么不可以，我宁可每天抱着你他日归来的梦而生活，也不愿意知道事情的结果。

当我再次登上那危楼时，看着玉砌的台阶旁的景物，现只剩下我独自伫立在台阶之上苦苦等候你的归来，可谓物是人非。你我相逢已无期，你的离开陪伴我的就只剩下昔日的回忆与欢乐和眼前你曾经触摸过的和感受过你气息的万物。于是孤单的我，时常兀自坐高楼，看叶青叶黄，看花开花谢，看云卷云舒——无狂喜，无激动，无泪，无语。心如冷月，冷月无声，再见了我远逝的梦！

第三部分

花开的声音

　　我要放弃这水中沉浮的生活，游上岸，像海的女儿，去经历每一片陌生的叶子，去接受阳光朝朝暮暮的洗礼。

　　我想游历陌生的世界，让天空多一份清脆的啼音，也呼唤春天和雨水，呼唤风和日丽的早晨。我想飞，飞出自己，飞成蔚蓝的天空，即使不能成为飞鸟，也要做一只会思想的鸣蝉。

——原筱菲《想飞的鱼》

想飞的鱼

原筱菲

阳光爱我

无法拒绝这些温暖的情事，阳光随时搬动着我的影子，给我体贴和关爱，让我沉醉在光阴的故事里。

所有的滋润和绵长，都在一段段叙述里反复盛开。让我熟悉那种金色的话语和灿烂的呼吸。

爱就是一种包围和缠绕，而我深陷其中，然后滋长出骄人的花蕾。在它的抚慰下，我准时绽放，还它以色彩和芳香，还它以明媚和娇艳。

在四季里行走，我什么都可以舍弃，除了阳光下盛开的美丽心情。

淋湿了的片段滋润了暖春，并复苏了迟开的花朵，我把自己悬挂在细雨中，成为春天里一枝生动的花朵。

花开的声音

有时，我必须翻越栏杆，才能进入花园，才能步入它的中心，才能静坐成在别人看来多么不和谐的一道风景。

也许我不只是静坐，我还可以躺下，让繁花淹没我。只有这样，我才能听到蜜蜂振翅的声音，才能听到一滴露珠从一片叶子上滑落滴到另一片叶子上的声音，才能听到一朵花和另一朵花相约同时开放的声音。

太多的时候我们迷恋于时尚和另类的音乐，那种远离世界和听觉的怪异之声；好多完美的细节掩盖于汽车的呼啸声和你无法回避的嘈杂声中，一个春天的生动，就这样迷失在飘满尘土的阳光里。

只有或坐或卧在花枝之间，看一线线光芒小心翼翼地筛过来，伴着花的香气；只有叫醒麻木的耳朵去倾听花开的声音，我才能真正体味到春光已经渗透到我的内心，我正和花朵一起在阳光下随心所欲的灿烂。

把自己悬挂在细雨中

初夏的雨巷陷落在一朵朵彩色的伞花中。

雨丝拂去了大片陈旧的时光，寂寞不再是阴影，清风摇曳于头顶，色彩缤纷。

春天的青苔爬满坚硬的石头，一些事物温暖得不露痕迹。我被色彩笼罩，绕过春天的晓梦，在这花瓣浮动的河流里，幸福，是一

次近在咫尺的守望。

请允许这幸福到来得无声无息，梦的脚步是如此之轻，所有花朵的开放只需要温暖的一瞬。我向春天倾诉往事，洗濯冬日里残缺的印记，并让细雨收走所有的尘埃。

记忆里的相伴触手可及

雨中的蓓蕾，我手上的花朵。伞花是花季里最灵秀的一枝，像忧郁的民谣在我头上悄然绽放，绽放出雨季和雨季里易碎的年龄。

没有海的校园，掌心是心湖。溅起的往事是记忆里的流沙，被我紧紧把握。

我寻找秋千上的森林和操场上燕子的投影，以及春天和春天背后诸多不为人知的小小凤愿。

我把关于秋天的憧憬掩藏在果子的内部，在温馨里细数着风雨。

雨季在夏天的脚面滴落，我是雨季里行走的果子，带着指缝间的歌声和有关行走的全部梦想。

记忆里的相伴依然触手可及，青青的果子不会因迷茫而跌落。

石头里的桃花

我的粉红深居在内部，是石头里的桃花。有时冷若冰霜，有时坚硬无比。

我不轻易释放芳香，整理好自己的花瓣，带着所有花朵的味道，就这样久远的贮存。

不是要做化石留给千年以后，我会在人们连石头都会遗忘的时候，悄然绽放。

在那些桃花盛开的季节，我就这样躲在石头里，静看一场场花开，花落。

一阵清风里，请允许我记起另一块石头，它悬挂在天上，而且明亮无比。它的姿势向上，并且圆润温暖。

我也知道一滴清露在外面等我，月华下这是我开放的唯一理由。其实就是一滴露水，只不过需要漫长才能渗透我的内心。

坚硬的花朵，一生只开一次。

叛逆的青果

张开五指，张开了满手的阳光。我让这温暖揉进风再洒落在花园里，让这一丛丛绿色枝繁叶茂；让含苞的时光无限延长，让花期和阳光一样绵长得没有止境。

更改开花的意义和它简单而通俗的一生，让枝蔓无限延伸，蓓蕾层出不穷。让种子的梦凝固在落叶深处，繁花似锦，年复一年。

让青青的果子只为妆点花香，让花瓣永葆娇艳，不再脱落；让花枝抖擞，笑傲秋风和冬雪。在四季轮回中，背叛的青果拒绝成熟！它要让花香浸满四季，艳丽的色彩不让任何一个季节苍白。

鸥鸟的指引

我想望穿这秋水，却在迷雾中迷失。

在彼岸，被花的歌声唤醒，飘缥缈缈，随风低吟。

昨夜的星星隐藏在天幕里凝视朦胧的美丽，阳光却乘着迷雾逃离。我必须找到吹开黎明的风，好让想象穿过这捕捉梦境的网。

幸亏有了鸥鸟的指引，我走出了彼岸过于缠绵的花丛，把自己归还给一片漂泊的叶子。

最后的微光搁浅在河床，游不回去的鱼把它的幸福遗留在岸上，更多的云朵则汹涌在浪尖，层层迷茫在指尖上渐渐消散。

回来的路上我遇见了风，它带回了我遗失在路上的那段青春。

虚拟的行程

斑驳的树影丢弃在阳台上。站在黑暗里遥望明天的启程，飘落的秋叶里，有我笨拙的飞翔。

我要出走一次，告别华丽的衣裳，像一次美丽的蜕变；告别肉体，让人们无法识别我的影子；甚至也告别灵魂，我不能总是在顽固的思想里一成不变。还要告别叶子和秋天，让我的飞翔里，看不到翅膀和风。

人生难得有一次真心的告别，一次完美的蜕变，是我在蝶翅下一次虚拟的行程。

想飞的鱼

水草的影子编织在流水的波纹里，鱼的翅膀退化成划水的桨；在黄昏的背面翘首，记忆里的飞翔已经书写在陈年的晚霞里。

我要放弃这水中沉浮的生活，游上岸，像海的女儿，去经历每一片陌生的叶子，去接受阳光朝朝暮暮的洗礼。

　　我想游历陌生的世界，让天空多一份清脆的啼音，也呼唤春天和雨水，呼唤风和日丽的早晨。我想飞，飞出自己，飞成蔚蓝的天空，即使不能成为飞鸟，也要做一只会思想的鸣蝉。

大头贴风波

慈琪

你应该玩过那种自己拍照的大头贴吧？没错，就像所有的小学生一样，我也十分热衷于这项好玩的娱乐活动，即使一次需要十元钱。

在我家，爸爸妈妈规定我的零花钱是每个星期二十元，也就是说，我得什么都不买，才能拍两次大头贴，一次十张小小的，有我的头像的贴纸。

但我的表情可不止二十种。每每我乐此不疲地准备做下一个表情的时候，电脑上就会显示出十张照片的份额已满。这让我十分不满意。

我想，要是我有钱，我一定要连拍成百上千张，过足了瘾才好。

我们学校的大门口总是热闹非凡，尤其是在上学和放学的时候。届时，卖糖葫芦的扶着锈迹斑斑的自行车，车头插着的糖葫芦串串糖汁欲滴；卖冰淇淋的推着小车，从车箱中舀出一勺勺红色的绿色的冰淇淋，扣在尖尖的蛋筒上直冒冷气；摆地摊的大叔吆喝着让我们来玩一次游戏转盘，最高的奖励有一百元钱呢……

种种极具诱惑力的事物吸引着我们，引诱我们将口袋里可怜的几枚硬币掏出来。

——我才不愿意把我的零花钱花在这上面呢。没了钱，我拿什么去拍大头贴？

可星期一放学的时候，摆地摊的大叔的吆喝声似乎有点不同，有一种特殊的魔力。我不由得走到他的摊位前。他抬起头，笑容可掬地招呼道："小姑娘，来玩一次吧。一次只要一块钱。"

我傻傻地掏出一元钱给他。见生意上门了，大叔十分起劲地摇起了转盘的摇柄。转盘风车般地转了起来，快到我连指针都看不清了。慢慢地，指针停在了"再来一次"的那一格。我失望地摇摇头，正在叹息白白失去一元钱，摊主怂恿的话语又飘到了我的耳中："再玩一次吧，这次说不定你能赢一百元呢！"

就这样，我一次又一次地为"再来一次"而掏出口袋中的硬币。我想翻本，想得都有点发狂了。最后，我冰凉的手指摸到了口袋中最后一枚硬币。

这是我最后一元零花钱了。

我咬咬牙，将这最后的救命稻草递给了满面红光的摊主。他用汗津津的大手接过我的全部家当，摇了最后一次——

"恭喜你。"摊主的声音听起来是那么的不情愿，"小姑娘，你中了十元的大头贴券！"

"是什么？"我满怀欣喜地接过那张小彩纸。

"你可以到任何一家拍大头贴的店中使用这张券。"摊主解释道，"可以拍十张呢。"

这倒不错。我心想。

星期五下午，我放学后来到我惯常光顾的那个大头贴店铺，递上十元钱。漂亮的店主姐姐递给我一本起了毛边的图案册，让我挑选自己喜欢的背景。然后，她把我带到一台空着的机器前，让我自己拍。

我轻车熟路地钻进帘子，面前的屏幕上显示出我被放大了的脸，乍看有些吓人。这是机器上方安装的摄像头在工作，没什么好惊奇的。我兴致勃勃地摆好了一个新的表情，按下拍摄键。

"咔嚓、咔嚓"，我拍完了三张。

"咔嚓、咔嚓"，六张报销了。

"咔嚓、咔嚓"，我惊觉，只剩下最后一张了！每到这个时候就是我最痛苦的时候，我马上开始思索这最后一张该摆出一张什么样的表情才算满意。

最后，我想到了一个搞怪而不失新意的表情——右手比在额头上，眯起眼睛撅起嘴，俏皮可爱。这最后一张图是一圈红石头，石头圈外有一条栽满了葡萄的小路，而我的脸出现在石头圈内的一个小水潭中。一只笑眯眯的绿青蛙蹲在我的下巴旁，很配我的表情。

就在我按下拍摄钮时，面前的屏幕突然成了一片跳动的雪花点，像电视坏了的时候那样，让人眼花缭乱。我吓坏了，以为自己干了坏事，将人家的机器弄坏了。

就在我犹豫着要不要出去告诉店员的时候，一股强大的吸力忽然将我整个儿吸进了机器。

"啊——！！！"

扑通，我跌进了水里。当我挣扎着将头露出水面时，愣了，差点又沉下去！

怎么，我掉到了一个小得可怜的水池子里，而四周都是红得像熔岩一般的巨石？

来不及想那么多了，我试着爬上岸，湿漉漉地站在岸边，尽量将衣服拧干。

"嘻嘻！"

从天而降的笑声将我吓了一大跳。我慌慌的仰起头看天，几乎直接摔进水里——天空中原本就有一个大方框，先前是空白的，现在却有一张巨大的脸庞在我面前出现，嘻嘻笑着朝我比划手势。

我一屁股坐在地上，如筛糠般发抖，止也止不住。

"你没事吧？"

一个天籁般的声音在我身后响起，我像抓住了一根救命稻草似的连忙转身：

"无论你是谁，快带我出去！"

可当我看清是谁在说话时，我的下巴掉了下来，将岩石砸豁了一个大口子！

一只青蛙蹲在红色的岩石上，向我露出一个灿烂的笑容：

"小姑娘，欢迎来到大头贴世界！"

经过一番能够令我神经错乱的谈话之后，青蛙带着我爬出了巨石阵。一条没有尽头的路从我面前一直延伸到天边，两旁都是葡萄藤架子，结满了色彩缤纷的葡萄，看着就想流口水。青蛙一蹦一跳地在前面带路，我不知不觉跟它走到了一间巨大的房子前。绿色的、褐色的地毯铺在我的脚下，踩上去软绵绵轻飘飘，像在白云中跳舞似的。

青蛙扣了扣装饰华丽的大门铜环，门板"吱呀呀"一阵叫唤，刚打开一条缝，就涌出了好多好多的青蛙！灰绿的黄褐的还有粉红的，十分可爱。它们围着我跳呀笑呀，几乎把我的头吵晕了：

"欢迎来到大头贴世界！欢迎来到青蛙公寓！……"

我稀里糊涂："谢谢……可这里到底是哪里啊？"

青蛙群一下子静了下来，领我来的那只绿青蛙开口了，口气中带着点儿嘲笑的味道：

"刚才不都说了吗？我们这里是大头贴世界之青蛙公寓！"

青蛙们都嘻嘻哈哈地笑了起来："笨丫头，笨丫头！"

什么？它们一群小青蛙竟然肆无忌惮地嘲笑我无敌小学生？我一气之下，我！我……我走还不行吗？

"咳咳咳，别走嘛，我们只不过是和你开个玩笑，别当真嘛！"那群青蛙见我真的生气要走了，赶紧围住我，"你不知道，我们太孤单了，大头贴世界里所有的区域都是分开的，我们这些青蛙从来没有离开过青蛙公寓，也没有来访者来这里，都没人和我们玩儿……"

"呃？"我一头雾水，但见那只绿青蛙一跳跳到我的面前，递给我一串红红的葡萄：

"先吃点东西吧，抱歉，我们这里只有葡萄。葡萄是菜，葡萄是饭，我们怎么吃也吃不厌，不过你刚来，可能还要过一阵子才能适应。"

我推开它的爪子："我才不要吃呢，我要回家！"

绿青蛙一副为难的样子："这就不好办了哈，我们青蛙公寓的居民从来没走出这块地方过，你一小姑娘，能行吗？"

不是吧？我还要在这个荒芜的地方过一辈子？！我不要！我要回家！这么一想，我的眼泪就如滔滔江水连绵不绝，决堤了。

哇哇声中，青蛙们都被巨大的水流冲走了。

"救命呀！"

青蛙们挣扎喊叫着，不一会儿就随着我的泪河消失了。然而同时，我的眼前却出现了一个丑丑的小家伙。

"你可真够厉害的！"他浑身湿透，气急败坏地朝我大吼大叫，"竟然把我的地盘弄得一团糟！"

"不好意思哈，请问您是谁啊？"尽管我还处于迷茫之中，但可不能丢了面子，"你的地盘？我怎么你啦？"

那个丑丑的家伙跳着脚叫："嘿！你还不承认！你看看，你把我管辖的'青蛙公寓'贴图糟践成什么样子了？这么丑的图，还会有几个人选？我的业绩岂不又上不去了么？我这个月又要被事务长罚洗三十个图了！"

又经过了一番能令我神经错乱的谈话，我总算弄明白了：这个丑家伙是大头贴世界的小队长，负责二十个小区域，而"青蛙公寓"是他管辖范围之一。每天，他们小队长都要较着劲儿比一下，看谁的区域选的人多，最多的有奖金，最少的不但没奖，还要罚清洗其他小队长管辖下的图案！这就是为什么丑家伙这么火大的原因。

我有点歉疚："对不起啦，大不了我跟你们的那个事……事……""事务长！""对，事务长说一声，说是因为我的错才导致这个结果，可以吗？"

"就这么定了。"丑家伙匆匆擦掉了脑门上的汗，绽开一个丑陋的笑颜，"嘿，你早这么说不就好了嘛！……"

就这样，我和丑家伙达成了一个协议：他负责将我送出这个荒诞的大头贴世界，而我有义务在走之前和事务长解释清楚，以免丑家伙被罚洗图。

　　咳，为了照几张照片，我卷入了这场说大不大，说小不小的麻烦，可真是不值啊！顺便说一句，我被丑家伙送到事务长的办公室时真真吓了一跳——那家伙可是惊天地泣鬼神的丑，还好我没吃葡萄，要不非呕出酸水来不可。

　　不过，这以后我再没照过一次大头贴。因为丑家伙在把我送出来之前警告我说，下一次可就没人送我出来了，就算是在侏罗纪公园都没人救我——你说，我还敢去吗？要是再被某台该死的机器吸进去，我该怎么办？

　　不管啦！做完作业，出去用这星期的零花钱买漫画书去！

琵琶魂

陈　钰

　　我一直认为，缘分是这世上最虚幻却最真实的东西，不然，它怎能让我在时光的洪流里，偏偏遇到了你，人，对得确凿，而时间，却错得彻底。

　　长安。

　　晴空一镜悬明月，夜市千灯照碧云。

　　我轻倚了风月帘栊，在广藿浓郁的香气里，自觉怅然若失。

　　愁肠已断无由醉，酒未到，先成泪。

　　我没尝过酒的滋味，但我想我能体会那种感觉，随风而来，穿肠刻骨的寂寞。

　　按理说，我不该是寂寞的。

　　几乎每时每刻，都会有形形色色的人摇着纸扇施施而来，轻拈了胡须指指点点评头论足。但他们的目光从来都是直接越过我，不会有一丝一毫的流连。

　　我亦不需要他们的流连。红尘俗人，看到的只是浮华的外表，包括那个附庸风雅的老板，在他的眼里，我不过是他谋生的工具。

举世皆浊，莫非真的要我淈其泥而扬其波？

我轻笑。宁愿投身汨罗，这种事情，恐怕我还是做不出来的吧。

转眸的一刹，我看见他，一袭白衣，眉目清远，于我身前轻轻领首，袖间飘逸出的淡淡墨香，萦绕了瞬间醉了魂魄的笑容。

"小哥，你真有眼力！"老板满脸堆笑地凑上来，冲他竖着大拇指，"不瞒小哥，虽然它看上去不怎么样，但它绝对是我们店里最好的！"

"呵，果然如此。虽然我现在买不起……"他目光微黯，旋即轻扬了嘴角，修长的手指轻轻抚过我身上的灰尘，似小心翼翼地低眉一吻，"但我相信，等我考中，我一定会回来带走你。"

他眉宇间荡漾的温柔，瞬间黯淡了这世间所有的旖旎风华。

我，是一柄琵琶，而那时我便知道，他，会是牵绊我一世的邂逅。

"妈妈，我喜欢这一柄。"

我抬头，正好对上一双澄如秋水的眼眸，那是个十三四岁的小姑娘，梨涡清浅，眉目如画，一袭青纱罗裙，牵着一个妆容庸俗的中年女子的手，虽是形容尚小，却是风韵天成。

"小蛮，这琵琶看起来颇是平凡，为什么偏偏挑中这一把？"那中年女子打量着我，不满地挑眉。

"妈妈，你不懂。"少女松开中年女子的手，纤细的玉指轻勾了琴弦，铮然一声，余音绕梁。

"这柄琵琶，就是这店中最好的一把。"

或许世事就是这样难以捉摸，他最先发现了我，却终不能永远地拥有我。我只能随了这个名唤小蛮的少女走出门去，甚至都不能回头冲那位忙着数银票的老板轻喝一声：你说过要等他。

我忘了，商人的心里，永远没有诺言。

当夜，小蛮带着我，在一群衣着光鲜的纨绔子弟面前，进行了我们此生的第一次演出。她明净如玉的手指，灵活地在我身上翻飞翩跹，我亦和了她的手势时而轻吟时而低唱，一曲弹罢，满座寂然。顷刻间，欢呼声几乎将一切倾倒，她臂上挽了五陵子弟们送她的红绡，低眉在我身上印下轻轻一吻。

"好琵琶，谢谢你。"

那一刹，我不禁有些释然。或许这一切，都是命中注定，注定我要看着小蛮从娇容初露的少女长成鬓云欲度香腮雪的曼妙女子，朱粉不深匀，闲花淡淡春，在她如蝴蝶般翩跹的玉指下，声声写尽湘波绿。

也罢，也罢，舞低杨柳楼心月，歌尽桃花扇底风。

只是我没有想到，这一放纵，就是数十年光阴荏苒。

忘了从什么时候开始，小蛮结束演奏的时候，台下的欢呼之声越来越稀，每夜表演的次数，亦是越来越少。

我不明白这是为什么，小蛮的琴技经过这些光阴的磨砺，此刻正当炉火纯青，可那个曾牵了她手为她将我买走的中年女子，终是在一次表演结束后的深夜，冷冷对她道："小蛮，从今天开始，你不必再上台了。"

小蛮搭在我身上的指尖，瞬间苍凉如雪，她怔怔然上楼，于镜前凝视着自己的面容，一宿无话。

似有温热的液体轻轻打在我身上，我抬眸，却发现小蛮不知何时已痛哭失声，她的右手掌心，紧紧地攥着一束如雪般刺眼的银发。

我知道，过去的那一切，不过是镜花水月，望之繁华，触之虚幻。

这一天，迟早会到来。

消息传来的时候，小蛮正携了我倚栏西望，素手轻扣处，我随着断鸿声轻和，感受到她指尖的厚茧，莫名地唏嘘凄凉。

"小蛮，妈妈已经和那个茶商说好了，明天一早，他就来带你走。"

小蛮并没有回眸，右手猛然发力，我随之提音，一时声如裂帛。

"小蛮，不要这样……你也知道，现在兵荒马乱，妈妈也是……没有办法。"

小蛮久久静默，我不敢抬头看她的眼睛，只感觉她搭在我身上的指尖在微微颤抖，那抹熟悉的苍凉步步袭来，渐渐漫过咽喉。

"我知道了，你回去吧。"

女子应声而去，脚步快得惊人，我明白，这对她来说，分明是种解脱。

小蛮搭在我身上的指尖轻轻动了一下，我回眸正欲和音，却见她微收了眸中黯色，轻声道："这么多年，委屈你了。"

我一惊，不由自主地发出"叮"一声轻响。

"知道当年我为什么独独挑中你吗？"她低眉，温柔地轻拭着我的身体，"我知道你不是一把特殊的琵琶。其他的琵琶，弹出来的只是曲子，而你，弹出来的，是情。"

她眉宇间的神情是那般熟稔，恍惚间光阴似倒流回数十年前，那个眉目清远的少年袖间逸出的墨香透了记忆萦出，我抬眸欲回她一音，却是无语凝噎。

当年的小蛮发现了我的特别，他呢？他轻抚我身上灰尘的时候，是否注意到了我欣喜而眷恋的目光？

"让你跟我受了这么多罪，是我对不起你。"小蛮扬眉，笑容

里却是难以言说的苦涩，"不过，现在我终于有办法补偿你。把我的身体拿走，寻他去吧。"

我又是一惊，抬眸直望小蛮眉宇，她望着远处的斜阳烟柳，温婉的语气里，是山雨欲来的决绝。

"委身商贾，我，绝不可能。"

话音落定的刹那，劲风扑面，小蛮拔了发间玉簪，敛袖而起，长发翻卷，猎猎飞扬。

我明白，我拦不住她。

小蛮回身，轻轻将我挽入怀中，五指自我身上信手划过，我敛去眸中萧索，纵情与她唱和。

"真是抱歉，没办法，把我年轻时候的容颜给你……"

没关系的，小蛮，你能听到我的心语，便是上天给予我最大的恩惠。

相伴多年的姐妹，真心地，愿你获得自由。

昆山玉碎凤凰叫，芙蓉泣露香兰笑。十二门前溶冷光，二十三丝动紫皇。

数十年后，生活在长安城里的人们还清晰地记得，某个月明之夜，琵琶之声一夜未绝，乍听如女子低泣，让人不觉怅然落泪。

清晨。

我松挽了长发，轻提了裙摆，怀中抱着那柄琵琶，快步走下细雨微湿的石阶。

我要去找他。

虽然与小蛮相伴的日子很少出门，可我还是不会吹灰之力地寻到了通往故处的那条路。没办法，梦入江南烟水路，醒来惆怅销魂误，对我来说，早就不是一次两次。

那么我早就应该知道，不与离人遇，是我注定的结局。

站在昔日他站过的地方，我的面前，是一座人声鼎沸的酒楼，熙熙攘攘的集市，甚至嗅不到一丝昔日广藿的浓香。

物是人非事事休。可惜，不仅人非，连物，都已经寻不到了呢。

我回来了，我回来了，那个说了要带我离去的少年，你现在究竟在哪里呢？

泪眼问花花不语，乱红飞过秋千去。我抱紧手中的琵琶，痛哭失声。

"小蛮？小蛮？你怎么会在这里，那人已经到了，妈妈叫我赶紧带你回去呢！"

我回眸，还是昨夜来见过小蛮的那个女子，看我的眼光里满是讶异，也罢，她绝对不会明白我为什么会大清早跑到这里。

我低眸拭去颊上泪水，随了她快步离去。

我一定要找到你。无论碧落黄泉，无论海角天涯。

一定。是一定。

这茶商应该很庆幸他娶的是我，我想他肯定想不到从未出过远门的青楼女子竟会如此喜爱漂泊，居无定所，风餐露宿，毫无怨言不说，在一地停留的时间久了，还会不停地催他离开。

短短三年时间，我已踏遍大江南北。南北殊途，风景各异，只是我得到的答案，一直未曾改变。

"姑娘不知那位公子的名字，这……要怎么寻？"

是啊，要怎么寻？数十年前，他是翩翩少年，那么现在呢？

纵使相逢应不识，他，想必已认不出我的模样。那么，我呢？

我又能认出他多少？

莫把幺弦拨，怨极弦能说。天不老，情难绝，心似双丝网，中有千千结。

秋夜萧瑟，盈江月明。我款抱了琵琶，轻拢慢捻。

这个结，怕是此生也解不开了。

"这……是谁？"

我一惊，手指顿时僵住。

这个声音，分明是这个只听过一次就刻骨铭心的声音——

这是梦吗？这是我的梦境，还是他的梦境？

"敢问善才，可否让在下得缘一见？"

去见他吗？凭我现在的样子去见他吗？在他面前轻施一礼，然后抬头看到他眸中阴云般浓郁的失望？

"敢问善才，可否让在下得缘一见？"

他语气里的焦灼，让我有些心痛。罢了，罢了，若是命中注定的相逢，终是逃不过的。

今夜，且让我为君尽弹一曲，尽管已经是，迟了那么多年。

轻提了裙裾，我抱了琵琶缓步移出，低眉垂首，让怀中的琵琶遮住我的半边脸颊。

尽管明知他已绝不会认出我，可我还是怕他看到我近乎凋尽的容颜。断送一生憔悴，只销几个黄昏？

虽然看不清来人相貌，我亦是在第一时间感觉到了他。是的，那个正对了我的青衫客，定然是他无疑。

一别数年……他是高了还是矮了？胖了还是瘦了？他还记不记得几十年前长安城中的那家小店里，他曾轻抚着一柄琵琶说总有一天要带它走?

"善才不必拘泥,吾等并非名士雅人,善才只管将自己擅长的曲目弹来便是。"

我低眉浅笑,转轴拨弦,五指轻舒,流淌出的,是昔日小蛮最喜爱的那首《霓裳羽衣曲》。

普天之下最负盛名的琵琶曲,初始似珠落玉盘,高潮如银瓶乍破,莺语婉转,冰泉冷涩,昔日小蛮曾经重复过无数遍的手势早已谙熟于心,只是在轻拢慢捻之间,却分明隐着难以掩饰的颤抖。

我不过是你生命中的匆匆过客,而你,却分明已经成了我的一切。

人生自是有情痴,此恨不关风与月,我此刻的心情,又岂是一支风花雪月的琴曲所能承载得了的?

当心一划,声如裂帛。

我猛然起身,抬眸直视了面前的青衫男子。第一次错过,便是数十年的光阴,这一次,说什么也不会再轻易让你离开!

眉宇间的儒雅如昔,却分明带了几许沧桑;眸底的温柔依然,却分明隐了几丝无奈。清瘦的容颜说尽漂泊,鬓角的斑白画尽风霜。

时光不会放过这世间的任何一个人,他,终是老了。

"善才琴艺,举世无双。不知善才姓甚名谁,哪里人氏?"

我,姓甚名谁?

我不知道我从哪里来,我不知道我叫什么名字,我只知道我是当年被你抚过的琵琶,为了你的一句诺言,借了小蛮的躯体,跋山涉水,寻遍天下。

罢了,罢了。既是借了小蛮的躯体,我便是小蛮的化身,小蛮的苦楚,亦是我的苦楚,几十年的镜花水月,说得轻描淡写,难掩世事悲凉。

我知道，我勾起了他的心事。

"姑娘此言，于吾心有戚戚焉。"

于是我知道，你也并不快乐。

少年成名，飞黄腾达终是一时繁华，谪居浔阳，孤苦萧索，春江花朝秋月夜，岁月酿成的苦酒，独自饮下。

可这，究竟应当怪谁？

"同是天涯沦落人，相逢何必曾相识。姑娘，可否为在下再弹一曲，敢尽鄙怀，为姑娘翻作一首《琵琶行》。"

不曾相识，不曾相识。公子，你当真是忘了，忘了我们在数十年前早已相逢，忘了你曾经轻抚过的那柄琵琶，忘了你少年时的承诺？

是啊，我也忘了，忘了数十年的光阴可以抹去什么，你早已遇到了怎样让你倾心的女子，你早已经历过怎样刻骨铭心的感情，是谁早于昨夜星辰昨夜风，见了你画楼西畔桂堂东？

既是如此，为何偏偏要我记得，要我记得这些年来的更深月明；要我记得这些年的漏断人静；要我记得这些年的落日楼头，断鸿声紧；要我记得这些年的雁断鱼沉，山长水阔？

古人说得好，丝言为恋，独缺其心，无心的恋，却恋上了。

欲将沉醉换悲凉，清歌莫断肠。

我扬手，听见你轻轻地啜泣，微微一笑，凄美绝艳。

若倾了此生，能换得你泪湿青衫，便无怨无憾。

"大人如果没什么事的话，民女就先告退了。"

"等等！"

回身未出几步，便听了他一声断喝，迟疑间他已几步追上前来，目光盯了我怀中琵琶，轻声道："恕我冒昧……姑娘这把琵琶，来自何处？"

公子……你想起来了吗？你能想起来吗？你能想起来，这是你数十年前曾经说要带走的那柄琵琶吗？

"大人，长安城。"

"长安城……长安城……"他轻抚的指尖抑制不住地颤抖，微微地摇着头，语气似不解，又似叹息，"这不可能……这不可能……怎么会这么巧……不可能这么巧……"

"大人，为何这样讲？敢问大人在什么地方见过它吗？"

他一怔，随即却手："不，没有，姑娘的琵琶，在下怎么可能见过……"

这世间，本就是有无数的巧合，让我在长安那夜幸而遇上你，让你在浔阳今夜幸而遇上我，只是，误了中间数十年的烟波岁月。

眸中已是清泪欲滴，我微敛了眉，隐去眸中水雾，轻轻一笑。

"公子若是喜欢，就把它拿去吧。"

"这怎么可以？"

他眼眸一震，推手欲将琵琶还我，我笑着退后一步，避开了他的手。

"琵琶亦有情，知道选择自己的主人。不瞒大人，这些年民女用此琴弹奏，从未得到如今夜般铮然的音色，今日得与大人萍水相逢，即是有缘，不如将琵琶送与大人，以表民女感激之情。"

"琵琶亦有情……好，在下谢过姑娘。"

他低眉将琵琶拥入怀中，右手轻抚着琴弦，刹那间犹如光阴回转，恍惚那日长安月下，他眉宇间荡漾的温柔，瞬间黯淡了这世间所有的旖旎风华。

"大人……您还记得您数十年前的样子吗？"

"啊？"他一怔，随即抬头望我，"什么？"

"我是想说，大人，不管你是否记得，总有人会记得，记得你数十年前的模样，翩翩少年，温润俊朗，怀揣着一腔抱负来到长安，意气风发，白衣胜雪……"

一个"雪"字出口，我再也抑制不住地凝噎，提了裙裾，抽身而去。

"喂！姑娘留步——姑娘方才所言，究竟是谁人？"

不，不是人，是一柄琵琶，是那柄铭记着你数十年前的誓言，寻觅了你一生的琵琶。

我知道，我该走了。

借用已死之人的躯体，原本便是逆天而行。心愿未了的鬼魂不会轮回，可现在既然心愿已了，便是灰飞烟灭的时刻了。

沉入江水的一刹，这一生的无数片段刹那间涌上心头，未遇到他之前那段寂寞的岁月；那日邂逅他眉宇间荡漾的温柔；与小蛮相伴而过的秋月春风；这数十年漂泊的寂寥种种，还有方才那一遇，那些熟悉的，抑或不熟悉的，巧合或注定。

有的人，来到这世上就是为了觅一个知音。有的人，寻了一辈子都没有找到，而我已经足够幸运，虽然已经是，错过了数十年。

公子，保重。

次日，一青衫男子携一书卷至江畔，呼数声无应，却见一旧琵琶。男子触弦，琴弦皆断，遂仰天长啸，焚书卷为祭，痛哭半日，方携琵琶而去。同行者阅其书卷，感其怅惘，遂抄录流传于世，名之《琵琶行》。

蝴蝶飞

朱光莹

曾经沧海难为水，除却巫山不是云。取次花丛懒回顾，半缘修道半缘君。

——元稹《离思》

它破茧而出的那天，听说洛阳牡丹富丽典雅天下第一。为了一睹芳容，蝶儿风雨兼程远赴洛阳。

阳春三月，风和日暖。洛阳城外，阡陌之上杨柳依依，花开缓缓。树荫下，明亮的溪水像流转的眼眸，水边的柳柔像纤细的眉黛。微风过处，几缕潮湿的暗香，掺杂莺啼鸟鸣，伴着一串串柔软细碎的杨花旋转飘落，像干净透明的雨滴般轻轻点缀在绚丽优美的双翼上，蝶儿以它的柔美，以它的甜润，以它水彩的风韵与满城春色共舞。它扭动着纤纤腰肢，喟然长叹："好一派'洛阳无处不飞花'的明艳。"

洛阳城内，繁花吐茵，争妍斗锦，娇蕊轻轻，绿珠盈盈，那一朵朵富丽华贵的牡丹，或雅洁若雪，或轻紫如雾，或丝滑如锦，重

重叠叠，郁郁青青，满目新艳，满口清甜。

蝴蝶调皮地穿过花间，绕过柳带，翅上铺满花粉，像穿上了轻巧的纱衣，它终于玩累了找了个安静的角落，在一朵花上轻轻停了下来。

"喂，你好。"

"你是在说我吗？"

"对，就是你，亲爱的牡丹。"

这株长在角落里的牡丹带着几分忧伤的声音缓缓回答："也许，你是第一只认出我是一株牡丹的蝴蝶，其他的蝶儿、蜂儿他们都不愿搭理我，你看，我没有半点牡丹的姿色。"

蝴蝶难过地看着这株牡丹，可怜的花儿，它没有坚挺的枝干，翠绿的叶片，花朵小而畸形，因得不到阳光的爱抚而光泽黯淡，上面还残留了风雨刻下的纹路。

"怎么会呢，你别这样想。"蝴蝶一时语塞，也找不出安慰的话来，只是用触须温柔地滑过那让人看起来心疼的花瓣。

从此，蝴蝶每天都来看望这株长在阴暗角落里的牡丹，它给它讲森林里的演唱会：野百合的舞蹈拿了冠军，水神们很不服气；夜莺小姐唱歌婉转悠扬却总是盛气凌人；乌鸦在舞会现场不安分地乱嚷嚷；负责灯光的萤火虫辛苦极了，金桂花好爱打扮，洒了满身的香水才粉墨登场；蔷薇和玫瑰吵架了；乌龟和螃蟹赶来时大家都在准备打道回府了……蝶儿手舞足蹈绘声绘色地描述，牡丹听得咯咯直乐。

"你要开心一点，怎么样都是一场人生，有些事情不必计较。"蝴蝶轻轻地说。

牡丹静静地听着，听着蝴蝶讲小时候飞到山里玩到很晚，害得妈妈找不到，罚了它不准吃花蜜一个星期；听着蝴蝶讲远赴洛阳的途中，和河里的小鱼戏耍，和小石头讲悄悄话时，差点被一只可恶的大鸟吃掉；听着蝴蝶讲，不管如何你都绽放过了，一定要坚强，要勇敢。

牡丹听累了，睡过去，睡醒了，蝴蝶还在静静地陪着它。蝴蝶说："月光是琥珀色的，像你的眼睛。"它约来了萤火虫跳起了妙曼的舞蹈。牡丹流下了清澈的泪来，那一刻，它觉得自己虽是一株丑牡丹，可是依旧幸福依旧温暖。

日子如水流过，那一天，蝴蝶来到之前，牡丹背对着它，花逝的那天还是来了。牡丹形容枯槁，颜色憔悴，本来就不美的它显得更加不堪入目："谢谢有你的陪伴，谢谢你照亮我心中的阴影，我知道，我绽放过，很美丽……"花瓣一片一片缤纷，眼泪一滴一滴渗透蝴蝶的皮肤，当最后一片花瓣零落时，牡丹虚弱地说："你为一朵花的停留将我孕育成来世的蝶，双双飞。"

蝴蝶离开了洛阳，再没为任何一朵花驻足。

漂泊的蝶，写着空中的字，看得见的花，消失了，看不见的蝶，痛心了，花香变成了眼泪。

第四部分

树枝上的太阳不会生锈

我的树上热闹非凡

枝桠里住着歌谣，美梦和童话

等到晚上就让月光在上面栖息

或者让一只白色的小鸟

在上面筑巢歌唱

但千万不能引来猫头鹰的叫声

它的叫声太刺耳也太浮躁

那些娇气的叶子和童话经受不起

还有微风也常来做客

吹掉树干上飘落的灰尘

使我的树永远没有浑浊

而树枝上的太阳不会生锈

……

——闫志晖《我的树》

我的向日葵未经修剪

（组诗）

苏笑嫣

日子渐暖了

日子渐暖了
真好，你说因为我最怕冷了

周日北京暴雪
昏沉沉的天白色飘飘扬扬
压着昏黄你教我画陶罐一张又一张
傍晚了雪还没停已是一天
蓝色港湾还是世贸天阶你说

公交车上我们靠在一起

一次次睡着一次次醒来跳下车

在前不着村后不着店的一站

没有商场没有超市没有商店

只是孤零零的一个站牌

你拉紧我的手顶风找换乘站一步一陷

你搂紧我把手放在我脸一侧挡着风

围着你送的围巾很红很暖

天幕映着宝石蓝海底世界的景观

雪仍在飘扬轻轻的

我如此安全幸福和温暖

一路的暴雪之旅也许只为这一刻

我的向日葵未经修剪

那些向日葵不十分贵八元一枝

小小而瘦弱的身躯经过修剪

插在花瓶里

透明的或是不透明的花瓶里

她们不是我的向日葵

火种最炽热的追求
唇瓣吻上的第一记是温暖
那是阳光
那仰望不会在今日停息明日也不会
要把泥土抓得紧紧

麦浪小王子的头发火红的狐狸
而将你驯养的是双赭石色的眼
你看见了自己在其中燃烧
灼灼旺盛和摧毁
可是他爱你是他的第三只眼
让他看到阿尔的燃烧色彩
燃烧不计后果如你一般

你不会在雨中死去黑夜也奈何不了你
初吻的温度使你在每一次日出中
将骨头拔节伸展
就是你所有的热情就是你的爱情
怎能修剪

沉重 灼伤 也许但
我的向日葵未经修剪
从仰望的那一刻一直以来

雨，当所有人都已睡去

睡意随着阳光流走凌晨两点一刻
穿拖鞋头发散乱舒服疯子
天空散发着西瓜红色在黑色的背景下
我想打着赤脚在红色的夜空下看夜空
穿街走巷

出于清醒目光在夜间变得
敏锐而洞彻
压抑斗升八尺爆发疯长八尺
红色后的焦虑隐隐我看得见
就像照了镜子总知道
自己是什么模样

闪电一个个往我怀里跳往
河里跳屋顶的瓦片击碎的
一颗颗珠花是在哪一世
你亲手为我插上

举起双臂我是穿黑衣服的人
是黑夜的人晃动出无措和寂寞
晃动出雷雨的音符

如果你在今夜无眠这一切是我
在为你指挥呵乐章

雨水香樟树惨白的路灯光芒
如果还有的话思念我们也
一并算上
下雨了　雨很大
两点半的短信上我这样对你说

我这样对你说
没有任何回答就像面对这场雨
手与脸却只能贴在玻璃上
蹭出吱吱声响

飞　鸟

（外一首）

朱培云

当森林被隆隆的伐木声淹没
树用尽最后的力气对我说
去找北美的落基山吧
那是地球上最后的天堂

我振翅而起
抖落几片无声的悲鸣

忘了从何时起
蓝天不再微笑
高高的烟囱可劲地吐着黑烟
像是谁不小心将墨水瓶

打翻在了那一尘不染的蓝色画布上
落基，落基
你在哪里？

忘了从何时起
星星不再冲我调皮地眨眼睛
夜幕被黑暗的王者占领
吞掉了那些每夜与我对视的光明
落基，落基
你在哪里？

忘了从何时起
雨点褪去了往日的柔情
噼里啪啦地腐蚀着我的羽翎
我想起过去那些温柔的夏日精灵
已经不在的，过去的美好回忆
落基，落基
你在哪里？

我飞得好累呀
可是落基
你听到我的呼唤了吗？

我想从天空中抹下一些蓝来
送给被污染的浑浊的江水

我想裁下云朵的气息

为脏兮兮的空气做一件干净的新衣

我想把花草的心愿一一包好

做成膏药治好星星失明的眼睛

有了它们的光芒

胆小的娃娃就再也不会害怕黑夜

当流星雨来的时候

我希望有上百万

不，是上千万颗

这样我就能为这里的树木

每棵都许下一个心愿了

落基

你说好不好？

绵　羊

一个晴朗的日子里

我不小心和羊群走散了

独自漫步的空当

一片魅惑的火红色突然撞上了我的视线

啊呀啊呀

居然是大片大片的狼毒花田

白云告诉我
香格里拉的绿是诱人的
像一场广袤而盛大的新生
漫山遍野地流淌
于是我衔一根小草
给大地的手心挠痒痒

山的精灵告诉我
香格里拉的水是澄净的
像一袭透明的薄纱
婉转地环住群山的腰肢
于是我采一朵露珠
来装点阳光金灿灿的发丝

可是现在
小草和露珠一齐朝我哭喊
美丽鲜艳的狼毒花
就是草原退化的前兆啊
我静静地仰望天空
却发现它正悲伤地注视着
我的明眸闪动

亲爱的香格里拉
我多希望你可以到我的睡梦里躲一躲

就让那妖艳的火红色灼痛我的眼睛吧

我可不可以把我的梦想

拉得又宽又长

直到它足够护住你

那幼小而脆弱的心脏

香格里拉

你一定不能放弃

我会保管好你的眼泪

去找云的使者和山的精灵

你要相信

等到狼毒花开成白色的时候

我们就能听到生命的欢呼

就能迎来幸福

我的树上热闹非凡

（组诗）

闫志晖

我的树

我的树，生长在我心里的一个地方
它的年轮永远只有十圈

我的那一棵树
上面长满深绿色的叶子
有几片叶子是我十岁时
小脑袋思考的问题
还有一些叶子

是我被涂上太阳色彩的梦

叶子每天夜晚都窃窃私语

小声议论着身上的脉络

有哪些已经泛黄

我的树上热闹非凡

枝桠里住着歌谣，美梦和童话

等到晚上就让月光在上面栖息

或者让一只白色的小鸟

在上面筑巢歌唱

但千万不能引来猫头鹰的叫声

它的叫声太刺耳也太浮躁

那些娇气的叶子和童话经受不起

还有微风也常来做客

吹掉树干上飘落的灰尘

使我的树永远没有滓浊

而树枝上的太阳不会生锈

常年保持柔软的姿态

敲上去叮咚叮咚响

像玻璃清脆的声音

我的树只有十圈年轮

我不希望它再增加

就让这棵树在我心中

长久地占据那么一小块土地吧

只是不知道现在的我

还能不能经常到树底下乘凉

我的树，生长在我心里的一个地方

它只有十圈年轮

希望它的季节里

永远没有秋天

让我们回到古代

让我们回到古代

你带上桃木梳和粉黛

我带上翰墨与宣纸

让我们在半山腰搭一座小木屋

窗口朝南，可以以太阳为钟表

早上被太阳叫醒后，我们坐在窗前

我为你梳理秀美的长发和轻微的头痛

你则为我研墨，抚平宣纸

或者在读书时为我红袖添香

下过小雨，就挎上一只竹篮

到山上采刚破土的蘑菇

天晴时，到山下的小镇上

买盐和米，也买你要的胭脂盒

闲的时候就一起去南山

看陶渊明的菊花，喝他酿的菊花酒

等到他醉欲眠时荷一身月光离去

或者在烟雨迷蒙的春天携手去西湖

去看看林逋，他太寂寞了

找不到一个人说话

让我们回到古代

远离环境污染和汽车的鸣笛

让我们生活在水墨山水里

生活在一种名叫如梦令的幸福里

我是你不理仕途的官人

你是我云鬟斜簪的娘子

瑶　瑶

这个小女孩名叫瑶瑶，这是我后来才知道的

整个傍晚，我们都坐在一起看书聊天

她喊我哥哥，时而喊我叔叔

我们一大一小两个人，共同度过了

傍晚这一段浪漫的时光

后来她站起来跟我再见

说妈妈一定在等着她回家吃饭

然后我问了她的名字，知道她叫瑶瑶

我想她一定是这里最乖最漂亮的小女孩

我多想她明天就能长大

最后成为我的女朋友

第五部分

追逐梦想

梦想，你在我不同年龄有着不同的含义，然而，梦想就像永不陨落的流星一样，照亮了我前进的道路；同时，梦想让我追求进步，追寻真理的心，永远不会改变……

——李厅俞《梦想，永不陨落的流星》

蝶　梦

潘云贵

你说你一直都梦想做个旅行家，带着一种信仰去游历世界的每个角落。

现在你跟我说，自己最想去的是法国。

你一直迷恋于蝴蝶，觉得这种幸福的昆虫是会飞翔的眼睛，她的美丽如同你张开掌心时露出的那一片纵横蜿蜒的纹络。

你觉得世界上最美的蝴蝶一定会在法国。那里有每个季节都会跳华尔兹的女人，她们的身上喷着你羡慕了些许时日的香水，那种醉人的芳香从你开始留起过肩的长发、偷偷穿上母亲银白色的高跟鞋的时候就一直向往。那些女人身上五颜六色毛绒或是皮草的服装对你来说，亦是有着巨大而遥远的诱惑。心中安放着一个陈年而精致的木箱，你希望把这些香水和服装放于其中，然后用一把漂亮的闪着剔透日光的小锁锁上。

那时，你会只身一人把这木箱子抬到你蝴蝶般的船上。在梧桐叶开始制造一场浪漫的旅程时，你会坐在蝴蝶船的船桅边，跟着不知从何处吹来又将吹往何处的风，穿越无数条干净细致的街

巷和无数座肃穆庄严的哥特式建筑的顶端，远行，花一辈子的时间去流浪。

　　唔，我记得你曾经说，忧伤是生命的底色，我们都无可逃遁。蝴蝶在你的心底，亦是忧伤的小生命，轻薄的翅膀在钢筋丛林中游荡，总觉得是一种微小与庞大的对比，在斑斓的纹络里藏匿一生。

　　就是这样的船儿，你却要执意地登上，并且要将它开过卢浮宫幽深静谧的过道、凯旋门两侧日愈生出的零碎的细缝，或者是你一直都很崇拜的文学家的声音和一直都想看到的那一双双沉睡着却很动人的眼睛。

　　你偏执地相信，这艘蝴蝶般的船能逾越过时空的一切而到达理想中的口岸。逾越虚妄、真实、古老、理智与轻缓流淌的塞纳河沿岸橘红色的灯光。抑或是逾越构成这艘小船骨架的忧伤，和思想。

　　窗外的巴黎，此时又是一片不夜城难以低调下来的灯火，窗内是玩累的人群那一排均匀而整齐的呼吸。

　　白昼绵长的喧嚣里，他们隐没其中扮演各种人生大抵上要经历的角色，或主角或配角，或上流或底层。而此刻在这座城市夜色中酣睡的人，他们是平等的，梦也是平等的，没有贴上用来区别的该有不该有的标签和价格。

　　若此时换作是你，定然不会叫自己轻易臣服于睡梦中。你会打开一架老式唱片机，放一张尚·马龙的法语香颂唱片，在接近凝固的安静里撬开平日压抑许久的门锁，临窗卸下一个自己，一个不像自己的自己。

　　你开始在窗户上留下一个吻。这个吻是杜拉斯最先教会你的。

　　孤独、欲望、死亡和绝望，是你扎两个羊角辫露出一脸单纯神色时异常抵触的词汇，像一只刚刚蜕变新生的蝴蝶面对一个偌大的冬天，掌心无端地生出许多寒。一些人希望自己可以努力地走出杜拉斯的绝望来看她的绝望，走出女人的宿命来看女人的宿命，而你用自己的一小段蓓蕾初绽的年华证明，这些人会陷得更深，包括你，在无尽的荒野里，奔跑只是徒劳。

第一次看《情人》，是在你十二岁的时候。

一整个漫长的冬天，你却没有再收到任何一封她或他的信件。南方阴冷的风迎面而来，你纤白的指甲在深红色的铁质小箱前漫不经心地滑过，留下一道发白而细小的指痕。回想起再小一点的年岁，五岁或是七岁，你每天也都在习惯着无人陪你说话的黯淡时日。父母外出工作，为生活整日奔波忙碌，他们在困顿一天后的睡梦中也在为你的明天规划。你终日在那栋散发霉味的烂尾楼的某个边缘的窗户里看着外面的世界，不远处有和你同龄的小朋友在玩大象滑梯，他们嘴里嚼着魔鬼糖而不时吐出染了红色或黑色的舌头来吓过路的行人，几个气球不知被谁不小心扯掉细线而从你眼前飞往云层之上。你鼓着小脸抖了抖安全网生锈的钢丝，它纹丝不动，你却沾了一手暗红的铁屑。

孤单是你在年幼时便开始圈养的隐形生物，在逐渐成长中，何时将它放归，你是未知。

孤独成为你对《情人》的第一印象。当然，还有杜拉斯用来成就爱和欲望的热带殖民地的气息，热带的灿烂，豪华别墅，刺眼的阳光和湿润的空气，以及夜晚，在浓密的树影之中裸露的无边的黑暗。

拉康说，杜拉斯肯定不知道自己所写的东西，因为她会迷失方向，这将是一场灾难。

你十分认同拉康的言论，因为在阅读《情人》的过程中，你也发觉的确不知道她在写什么，她似乎只是一味迷失在自己制造的巨大谎言和巨大误解之中。到最后，她只有顺应读者的意思，一直喋喋不休地诉说着白人少女和中国富翁的故事。

　　十四岁，你开始在青春的腹部里生长，遇到了很多人事。

　　知道雨天的时候会有喜欢微笑的女孩和你一同撑伞走过泥泞的路面，知道有一个小胖子总会在心情好的时候把大包的金丝猴奶糖拿到班里分给同学吃，每次分到最多的总是你，知道在你扁桃体发炎的那段时期里，抽屉的几本书之间会夹杂着一包金嗓子喉宝和一盒用塑料瓶装的白色药片，知道在你快乐或者悲伤的时候，总有人会陪你哭陪你笑。

　　活着，既是过程，又是状态。孤独与失落，一时间从你的心牢里获释。

　　你发觉自己不能够再爱她了，这个叫"杜拉斯"的女人。她的一生像电影一样掠过你的脑海，她的孤独、絮叨、谎言、酒精和绝望成了你避之不及的东西。和对她的一见钟情一样，你摆脱她的决心也是这般突如其来。因为你无法再承受她不堪的一生。

　　你隐隐约约觉得，在青春的时候，选错了人生的标签需要付出太大的代价。

　　所以此后的时日里，你再也想不起十五岁半的女孩和那个来自中国抚顺的情人的故事，或者说，由他们俩共同演绎的情节，单纯的爱情或者色情。你只记得在小说最后，大洋上的黑夜里所放着那段肖邦的圆舞曲。你只记得结尾处那个男人给女孩打来电话，已是多年以后，他在电话里说，和过去一样，他依然爱她，他根本不能不爱她，他说他爱她将一直爱到他死。

还有你一直记得的那个留在玻璃上的吻。

这个吻，你现在也一直在重复。你能感受得到，丰沛的绝望和彷徨互相纠缠着，但却在那些晦涩的罅隙里，露出缕缕温暖的光芒。

夜里一个人的苍凉，很快就过渡到了清晨的温暖中。

你说此时你若是起床，便会首先拉起百叶窗，然后打盆清水，花短短的十分钟洗漱一番，便又急急拿起一件素色的外套出门。你要去巴黎圣母院，去协和广场或者某个漂亮的却叫不上名字的公园。

建筑是凝固的音乐，在法国，这一点你深信不疑。

看不见的气根夹杂着历史的味道漫空行吟，把石塔、剧场、街衢覆盖，潮湿得像下不停的细雨。你说，若是自己成为路旁某一棵梧桐树上瞧不起眼的叶子，定然可以感受得出其中滋味。

城市巴士的玻璃窗上依旧会有你留下的蝴蝶状的吻痕。均匀地落着白色雾气的蝴蝶，它的身后事一排排倒退的树影，还有你一直想看的哥特式的教堂和楼宇。

时光挽起巨轮，你的成长也在以一种近乎风的速度向前开去，倒退的是回不去的时光、丛林和某个遗落的微笑。

长大之后的我还会知道有微笑这种表情吗？

你问我的那天，是十七岁的末端，面对突如其来的长大，我们手足无措。

而你终究不爱笑了，因为你要靠近长大的尽头。在庞大的人海里，熟稔地习惯每个行人的角色、面具和冷漠，就像你的蝴蝶面对着一个冬天的挑衅。

你好，陌生人。

你会开始用这样的口吻去称呼在你生命行经途中没有留下任何记忆的人群，而他们却把整个没有温度的社会交给你。

你好，忧愁。

不知何时起，你成了一只忧愁的蝴蝶，或许是十八岁之前的两三年。

那时，你正在沿海上高中，天空本应是一块湛蓝的玉器，在你眼里却是灰色的看不到边际的阴天。

一些昔日同窗有着让人钦羡的家世，他们会在中考一败涂地后摆出一脸不屑的神色对你说，自己近日就要出国，停靠在国际机场的飞机正在等他，他要去大洋彼岸，去你一直想要游过去的大海的尽头。

一些朋友则承袭着父辈给予的贫穷，茫茫学途对他们来说是一条望而生畏的道路。他们只能执拗地背起或轻或重的决定，选择用血汗甚至是血泪来改变命运的航向。

他们都将比你早些时候步入纷繁的人世，学着在疼痛中长成像你父母那样沧桑的模样。你紧紧捻着裙角没有说话，因为你觉得这样的选择是最无奈的自我欺骗。他们挥挥手，示意你已经到了离去的港口，你对着这些远去的尚且稚嫩的面孔轻轻说了声，一路顺风，悄悄红了眼眶。

曾经的不离不弃，曾经的海阔天空，没有谁会义无反顾地前往。

或许只有你一直在义无反顾地重复简单而机械的生活，上课、做作业、吃饭、背诵。旁人说你总是醉心地投入其中而不知东方既白，而你只是在醉心地遗忘，用无尽的循环来遗忘曾经的年岁，说说笑笑拉着彼此的手大声喊大声笑的年岁。

其实，你本不愿此般泅渡自己。

因而，你从娇小的骨子里生出愈见庞大的叛逆和任性，无边的想象和对现实习以为常的麻木。

你会在清晨拒绝母亲的一杯牛奶而空着肚子跑到学校，会为高中班主任喋喋不休的说教而顿感百无聊赖，会因某个同学不理会你说的一句话而大发雷霆，会偏执地与家人因鸡毛蒜皮的小事吵上一通，会强行拉着一位近视高达五百度的女伴去附近的商场看LV的山寨包，而那个女伴的心里还想着今天数学课上的那条弯弯曲曲的抛物线。

你总是笑着告诉我，跟《你好，忧愁》中的塞西尔相比，你的任性是多么的渺小与脆弱。它们在骨子里翻江倒海地作怪，却没有伤害过任何一个人。而塞西尔的任性却要陪上一个叫"安娜"的女人的生命。

任性的力量是可怕的，特别是青春期里沸腾的任性。

你一直在想，塞西尔的任性与罪恶的源泉在哪里，毕竟她才十七岁，和你年纪相仿。

不想提弗洛伊德，但是他的确在这个世纪初和马克思一起平分了看待这个世界的方法论的天下。

如果按照弗洛伊德的观点，恋父和恋母几乎在所有少男少女的心底埋藏着。母亲自女儿出生之日起，就会暗暗将女儿置于竞争者的地位。而作为女儿的塞西尔面对即将成为自己母亲的安娜，内心的仇恨可想而知，她不想让父亲西蒙接受这个女人。所以她开始了激烈而恶毒的反抗，设下一个圈套，让安娜失去了自己最为重要的西蒙后出车祸死去。

罪恶是现代世界中延续着的唯一带有新鲜色彩的记号。

塞西尔说，我考虑着要过这种卑鄙无耻的生活，这是我的理想，也是我的忧愁。

十八岁的萨冈就这样为你营造了这种残酷的忧愁，不解青春、不解人生、不解结局的忧愁。

其实你很怀念"萨冈"还没出现时那个瘦弱的小女孩。她踏进法国朱利亚出版社的大门，神情略带羞涩，在手稿外面的黄色信袋的右上角写着：弗朗索瓦丝·古瓦雷，马莱布大街167号，1935年6月21日出生。

可是后来你发觉，堕落和沦丧会是一件非常快、非常容易的事情：世界的变化，原本在五十年不到的时间里进行完毕。

古瓦雷不见了，"萨冈"用近乎冷色调的人生取代了她：年少成名，彼时青春美貌，与若干大人物有染，喜欢酒精、赌场、跑车和勃拉姆斯，沾过毒瘾，甚至进监狱，最后晚景凄凉。临死前已经撰写好自己的墓志铭：这里埋葬着，不再为此感到痛苦的，弗朗索瓦·萨冈。是的，她早已遗忘那个最初的名字，弗朗索瓦·古瓦雷。

普鲁斯特告诉你：在记忆的长河上，我们无法站在现时这一点上。然而有人告诉我，如果我们回望过去，过去只有痛苦和背叛，我们是没有希望的。记忆里只有落日时分的人，不会对明天即将升起的太阳有任何憧憬。

我想和自己和解。

这是《你好，忧愁》里唯一让你心动甚至心疼的句子。

所有的青春都必然包含一定的赌气成分在里面。无来由的抗争，和成人的世界、秩序的世界，和这个约定俗成、长大后需要付出很大代价才能够抗争、并且得不到胜利结果的世界。

用了一生的时间去成长，一个人却始终无法与自己的青春和解。

萨冈就像一只黑色的蝴蝶，贴在你身体的某个部位，发出隐隐的疼痛。

巴士到站后，你定然不会搭乘的士去自己想去的地方，你会慢慢挪着小碎步去往协和广场。好的景致就像一杯好的咖啡，也总要人细细地品出来，方才体悟到其中滋味。

鸢尾花攀附着欧式墙壁艳艳张听你的心事，你的心里竟有些莫名的惴惴，想来或许是故地与异国的距离加深着你的奔波与苍凉。年少时听得人说，鸢尾花会在无人途经的午夜唱歌，那时四处藏匿的鬼会哭泣着来到花下，居然有一段时期你听完这件异事，手指竟无端地颤抖起来，怕得要死，连白天都不敢一个人打花下走过。

年华灼灼，这中间空缺开来的多少人事，成为一方小小的汪洋，漂白了你曾经的畏惧与可爱，如今皆淡如裙裾狭处一袭浮青暗纹，淫远得看不分明。

协和广场离车站不远，你很快就用目光丈量完了这段路程并且嘴角翕动地来到目的地。看得出你的惊喜，与兴奋。

广场呈八角形，中央矗立着一座有三千三百年历史的埃及方尖碑，那是由埃及总督赠送给查理五世的礼物。碑身由粉红色花岗岩细致雕出，上面刻满埃及神秘的象形文字。广场两侧各有一个喷泉水池，游人常坐于其旁的石屏休息。

这样的广场，你认为只能在教科书上出现。它精致得形同你看过的某个男子高挺瘦削的脸颊，藏着几个世纪欲要说出却只想你去猜度与获知的一语成谶。

鸽子寂寂地从斑驳的地面飞向阳光发射而来的地方，此时广场人群涌动，人们纷纷脱下礼帽，表情专注，目光盯着一处，《马赛曲》沉郁而壮阔的旋律在耳边响起，那面从左至右迎风飘扬的蓝、白、红垂直排列的三色旗，是他们久远的法兰西岁月，是他们盛大而忠贞的信仰。

这样肃穆的场景让你不由想到"流浪"这个词汇。在北纬48.52度、东经2.2度的地方想念自己的国家，这是流浪。在看着别人的孩子簇拥着他们亲爱的母亲，这是流浪。

原来，你一直都在流浪。

蝴蝶太美丽，可是流浪的她飘得太忧伤。忧伤也是你眼角卸不下的底色。

你想起了勒·克莱齐奥。在两年前，他闯进你的原野，用《流浪的星星》征服了你孤独的马匹。

闲暇时，你在网上看到过他的照片，以及采访的新闻稿。

那是一个谦和礼让的男子，年老后脸庞依旧精致。他的表面温和平静，内心却充满了张力。而他的眼睛，竟然可以和男孩一样清澈透明，像树荫下阳光照不到的一潭深泉。

瑞典学院将2008年的诺贝尔文学奖授予克莱齐奥时的评语是"将多元文化、人性和冒险精神融入创作，是一位善于创新、喜欢诗一般冒险和情感忘我的作家，在其作品里对游离于西方主流文明外和处于底层的人性进行了探索。"

这种冒险便是流浪，这种流浪便是探索。

潜意识里，人们几乎都希望沐浴在阳光里，希望和社会和睦相处，希望被所有人爱，包括柏油路上开过的每辆车、车里的每张脸。可只要谈及付出，他们又变得异常怯懦。他们害怕无法承担起这样巨大而丰盛的责任。于是，他们变得淡漠且缺乏热忱，热衷物质，精于算计，挣扎在世界尽头。

他们一直都在流浪，被迫流浪。

长大之后，内心里时常会涌起偌大的彷徨与迷茫，就在眼前的烂尾楼的某个房间里，你突然之间发觉已经撑不起"家"的概念。四面是高墙环绕的城镇，安全网划分成细碎方格的天空，失去了影子和心灵的人们，绵延悠长的昼夜，万物俱归于岑寂。

你所谓的"家"，已经飘到遥远的地方，你和一个叫艾斯苔尔的女孩都在寻找。

应该说，是从克莱齐奥开始，你相信，也许出走、离开、流浪是回家的一种方式，至少在出走、离开和流浪的背后，藏着回家的愿望。

流浪之前的幸福时光，流浪，逃亡，永远找不到家的悲剧。结束流浪的希望仿佛神话里珀涅罗珀在纺车边织寿衣等待德修斯的归来，她白天织晚上拆，生存所呈现的循环方式在如此重新得到希望。如果我们相信神话模式的毒咒，人也许是注定要流浪，且一旦走出家门，就似乎永远回不去了。

而克莱齐奥成了少数的能够回到自己家的人。

而你也想跟在他身后，成为少数再少数能够回家的孩子。

你知道，会有一个女孩很像你，用天真的流浪寻找着家，她叫艾斯苔尔。

我曾经问过你，《流浪的星星》里有什么隐喻？

你说是泪水回到了流浪的原点。在事隔四十年之后，艾斯苔尔重新找回了泪水，她终于得以远离漫长的无所寄托的旅途。

泪水是我们最初便想要追寻的事物吗？

你不知道，不过，在艾斯苔尔将父亲的骨灰撒入草坡的时候，你相信，至少她可以不再流浪。

我知道，事隔多年以后，你也能清楚地一字一顿地背出藏在《流浪的星星》里的那首诗：

在我弯弯曲曲的道路上
我不曾体会到甜美
我的永恒不见了

协和广场上的人群逐渐散去，你脱下那件晨起时为了抵挡寒气所穿的素色外套，把它轻轻搭在左手的胳膊上，上面有小小的皱褶。

你想起《蝴蝶夫人》里也有这样一件满是皱褶的衣物，不过它的做工和纹络比自己的这件好看许多，就像是真的蝴蝶。

露水从栏杆上滑落，变得不再冰凉，璀璨明亮的日光中生出轻盈透明的小翅膀，像蝴蝶般的船。

其实，你一直都在想象着自己应是坐在了这艘小船上游历了各个国家，听过了许多文学家的声音，和看过他们沉睡的美丽的眼睛。

阅读多少遍描述法国的文字，不如亲眼看一下这个国家。

你说，法国三面环海，大部分是温带海洋性气候，四季宜人。你可以去看看我还没到过的阿尔卑斯山、科西嘉岛、埃菲尔铁塔，也可以去听听那些20世纪以前的文坛巨匠的声音，比如雨果，比如大小仲马、福楼拜、普鲁斯特和纪德。

你说，那么请你坐上这艘蝴蝶般的船，择日前往吧。

追逐梦想的女孩

郑 贺

　　梦想这个词，似乎是双鱼座女生专属名词。人类因为有梦想而伟大，双鱼座因为有梦想而长大。桑田就是3月20日降生的，属于双鱼座的她，似乎比同龄人要爱幻想许多。

　　"桑田"这个名字有些奇怪，沧海桑田，大海变成农田，农田变成大海，比喻世事变化很大。而桑田，似乎从来不会变化。永远是一副很慵懒的样子，像只睡不醒的猫，永远穿着比她的身体大一号的印有哆啦A梦的T恤衫，一头长发永远乱糟糟的，似乎从来没梳理过。小眼睛，塌鼻子，嘴唇看起来有点厚，脸圆圆的，有点儿婴儿肥，个头永远小小的，似乎是不再会长高了吧。把她扔到人堆里，3秒之内就再也找不到了。第一眼见她的人，对她几乎没有什么印象，只能记得住她的名字——桑田，沧海桑田。

　　小学五年级时，老师要求以"梦想"为话题写一篇作文。小桑田趴在桌子上想啊想，手里的笔不停地转呀转，窗外的小鸟不停地叫呀叫，桑田想破了头也没有想到自己的梦想到底是什么。桑田有很多梦想。有时看到街上的清洁工大婶，都会想以后自己要不要试

着从事一下这个职业。桑田也有很伟大的梦想，什么宇航员啦，科学家啦，国家领导人啦，统统在她的梦想范围之内，而这些似乎又有些不太现实。那次的作文她没有完成，文笔很好的桑田第一次没有交作文，这对年少的她来说，可算是个不小的打击。

　　两年之后，桑田上了初中。她依旧是那副模样，不过女生到了这个阶段，似乎都很多愁善感，更何况她这个小小的双鱼了。她喜欢和朋友乱侃，喜欢没事瞎想，也喜欢随手写一些小文章，可她从来没想过把这些拿去发表，毕竟这也不是什么容易的事儿。

　　直到有一天，桑田发现现在"90后"的"小作家"雨后春笋般地往外冒，多得数不过来，她心里痒了，怎么着自己也应该试试啊，不试怎么知道行不行呢！桑田开始计划这件事情了。

　　首先，她要选一个"好"日子。选择一个阴天，这样才会有灵感，桑田喜欢在阴天里创作，这时她的灵感才会"哗啦哗啦"地往外涌。选好了日子，她还要去买一支笔，如果写着写着笔"罢工"了，那多扫兴！在一个文具超市，桑田仔仔细细挑选了一只美观大方又实用的笔。回家的路上，桑田有些担心地想："如果被退稿了，那我做的这些事不是徒劳了么？不过我干吗'诅咒'自己哦！应该会被采用吧！"她禁不住笑出了声，笑声放肆在街的上空，引得几个路人回头看这个别扭的女孩，窃窃私语。桑田的脸尴尬地红了。

　　桑田用了整整一个星期天才完成一篇文章，或许，可以称之为心血了。桑田铺开洁白的信纸，用小楷字体认认真真地把文章誊写在信纸上，把这几张载满希望的信纸装进信封，在信封上仔仔细细地写上那家杂志社的地址和收件人的名字。做完这一切之后就是漫长的等待了。之后的每一天，桑田都会去学校传达室查看有没有自己的信件。时间越长，她就越着急，每天心事重重的，安安静静的，像变了一个人似的。

终于有一天，杂志社给她寄的信到了，乍一看还厚厚的。她打开一看，"退稿"二字赫然出现在她眼前，原来这叠厚厚的东西，是她自己的文章，泪水溢出了她的眼眶，桑田像那次没有交作文被老师批了一样，哭了。晶莹的泪水打湿了那大大的"退稿"二字。桑田极其沮丧地想：是啊，我这样一个平凡的女生，写出的也是平凡的文字，居然还会奢侈发表？真是不自量力！"文字"这个梦想，不是想追就可以的，我还是放弃吧，继续做一个平凡的人吧。桑田心里难受极了，其实还是很舍不得的，失去梦想的桑田，就像失去水的小鱼儿一样，无法生存，可是事实，并非桑田所想的那样。

桑田轻轻地打开这沓纸，被一段朱红色的字吸引了。文章被人修改了很多，这样读起来似乎更加有灵气了，文章末尾有那位编辑留下的话："桑田同学，你的文章还是很有灵气的，文笔细腻，很有天赋，初次投稿失败的几率是很高，但是不要因此而放弃！你可以试着多写一些文章，平时注意观察，勤练笔，总有一天你会成功的，加油哦！"桑田看完这段话，心里有些小激动，是啊，怎么能因为一次失败而放弃整个梦想呢？桑田轻轻地摇了摇头，算是否定了之前那个懦弱的想法，然后擦了擦脸上的泪痕，装作什么都没有发生过一样，一脸平静地回了教室。桑田也是一个低调的人呢，她从来不会把这种事闹得沸沸扬扬的。

当天晚上桑田给小学老师发了个电子邮件，她说："老师，我知道自己的梦想了，我要努力追逐它了！您等着看我成功吧！See me fly！"

电脑那头的老师轻轻笑了。桑田不知道，那个编辑，就是她的小学老师。当老师看到这个女孩的信件时，很惊讶，这个平凡的女孩有了坚定的梦想，她怎么舍得亲手把她的梦想扼杀掉呢？于是这位可敬的老师没有像别的编辑一样直接寄退稿信给她，而是像当初那样，帮她修改文章，并且鼓励她勇敢地去追逐梦想。

尾 声

桑田在黑色的硬皮本上，用黑色的碳素笔重重地写下一句话："我为什么写作，因为梦想在那边！"

梦想，永不陨落的流星

李厅俞

　　"妈妈，什么叫做梦想？"小时候，我经常这样问妈妈。而妈妈总是耐心地告诉我："梦想，就是你长大以后最想做的事情。"

　　"那……我要和妈妈一样，当老师。妈妈，行吗？"而妈妈，却总是笑而不答。

　　幼年的梦想，就是这样天真，无邪。而自己，却好像什么也懂了似的，极其单纯地考虑着自己的"梦想"。从这以后，我常常就幼稚地和叔叔阿姨们说起自己的梦想。而他们，有的鼓励我，更多的却是和妈妈一样笑而不答。我很不服气，心想：小孩子就不能有梦想吗？

　　几年匆匆过去，待到大一些时候，我才觉得三四岁时的梦想果然是不切实际的，有点"信手拈来"的味道。于是，我便真正开始考虑梦想。那时的我，特别崇拜爱迪生，爱因斯坦这样的人，很想和他们一样，做科学家，我迫不及待地把这个想法告诉了姥爷，姥爷意味深长地说："这个梦想很好，但是光说是不行的，你必须从现在开始，脚踏实地，一步一个脚印地认真学习，长大了才有可

能从事你梦想中的职业。"听了姥爷的话，我的心一下子凉了大半截，尤其是那个"可能"，把我的希望一下子打碎了。

可就是那个时候，我突然明白了梦想的真正含义；也就是那个时候，我才为梦想开始付出一点努力；也就是那时候，我终于明白了小时候为什么大家都是笑而不答……

就这样，貌似明白了梦想是什么的我，开始不断为自己的梦想努力着。

现在，我又有了新的梦想，希望能做一个医学家，因为我觉得贫穷的人生了病是极其可怜的，没有钱请医生，只能饱尝病痛的折磨。于是，我便想用自己微不足道的力量加上特有的怜悯心去帮助他们，让他们远离疾病与痛苦。我知道，无论最终的梦想是什么，谁都阻止不了我向梦想进军的步伐。

梦想，你在我不同年龄有着不同的含义，然而，梦想就像永不陨落的流星一样，照亮了我前进的道路；同时，梦想让我追求进步，追寻真理的心，永远不会改变……

美丽人生

杨岁虎

人生也许很短暂，但是没有理由让它不美丽。

——题记

一

人生如白驹过隙，弹指间，风云万变；流年似水，轻轻捧起，却还是从指缝不经意溜走，在人生的河流中，有太多的东西需要承载。

二

一直很羡慕陶渊明的生活方式，一亩田，一壶酒，足矣。"采菊东篱下，悠然见南山"的生活淡去了世俗的纠葛与纷争。妈妈建

议我以后当个"官"，我说，"安能摧眉折腰事权贵？"她问我想干什么，我说，医生怎么样？她说，也好可以收红包，是笔可观的收入。绝倒。

三

十七岁的年纪，花一般的季节，迷上了下雨。柔柔的雨丝，从天而降，一滴滴落在头发上，眉毛上，肩上，湿润了枯燥的生活，也温暖了偶尔冰凉的心灵。

雨天，撑柄布伞去看向日葵，金黄色的花瓣，在迷蒙的雾气里淡去了轮廓，融成一片。小河依然流淌，雨滴击起一圈圈涟漪，不等散开，便已消逝，偶尔敲打在岩石上的，容不得半点犹豫，就绽成了一朵美丽的水花，瞬间开落。

美丽，在刹那间成为永恒。

四

妈妈，妈妈，我要翱翔，飞去大海，欣赏美丽的夕阳；妈妈，妈妈，我要翱翔，飞去沙漠，感受狂风肆虐和流沙飞舞；妈妈，妈妈，让我飞吧，就这一次。

妈妈说，你飞吧，但请带我一起去。我背上妈妈，却怎么也飞不起来，原来我的翅膀还太稚嫩。

朋友，等你的翅膀可以背负母亲的爱时，再去飞翔吧。

五

那天，路过某处，几个孩子竟然叫我"叔叔"，原来他们的羽毛球掉在了树上。我帮他们取下来，他们说："谢谢叔叔"，那一刻，我感到了从未有过的成就感。

其实，我们都在不经意间长大，但当你长大时，千万不要忘记你所肩负的责任。

六

等到我头发花白，牙齿掉光的时候，我将再回头看看我所经历的一切。

低头嗅了嗅，很香。经过岁月的发酵，它自己酿成一壶甘甜的美酒。我为它取了个名字——美丽人生。

青春的梦想

耿义童

下雨天。

整座城市都笼罩在朦胧的气息当中，远处火车的鸣笛声长一下，短一下，为这座城市创造了前进动力。

微黄的阳光跳跃在远处的地平线上，风轻抚着我的头发，静静地等待着你的归期。

依稀中想着一个叫雨天的女生，她虽没有倾国倾城的外貌，也没有可以炫耀的成绩，她就是很普通，普通到让人将她永远的遗忘。

我也不知为何，她成了我生命中不可缺少的一部分，我们有共同的爱好——音乐。或许是因为这个让我们走到了一起。

于是就有了下一幕：

下雨天，奶茶屋里，我靠在雨天的肩膀上，一种淡淡的茉莉花香涌上来，她就是这样，一个让人感到安全的孩子。

"我想去远方。""远方有多远？""很远很远。""为什么要走？""为了梦想。"当她说出"梦想"一词时声音很低沉。

"为了音乐？""对！""那么你的家人呢？""我对不起他们，所以我想在外面闯出一番事业再回来。"

终于，雨天走了。望着火车在视线中渐行渐远，泪水也不知不觉地流了下来。心里默默地为她祈祷，祝愿她可以一帆风顺。

有时我也在想，雨天或许是这个世界的另一个我，但她比我勇敢，她敢和命运打赌，拿青春做赌注，而这一切的原因都是因为梦想，而梦想的初衷是因为热爱。

在后来的一年中，我时常收到雨天的来信，我知道她一个人在异乡肯定过得不好。但在她的言语中总是有种乐观的心态。那种悲伤的心情似蒲公英一样随风而去了。

我和雨天都有一个爱好，那就是仰望星空。因为天空是我们心灵的寄居地，我们可以勇敢地的说出自己的梦想，让它插上翅膀飞向远方。或许此时此刻我和雨天在不同的地方望着同一片天空。

一个和美的午后，看着雨天的来信，年少的我们渐渐地看清了这个世界。在人生这个短暂的旅途中，我们若想拥有，必须要去追逐。而这一切就是因为梦想！

梦想是可贵的，它在青春里萌芽，等待着它成长到未来，蔓延，盛开出一朵璀璨而坚不可摧的话！

逐梦男孩

薛凤婷

"澈，停下来吧，别跑了。"熙望着像一只发狂的豹子疯了似的绕着操场跑的澈。可是澈的速度让熙倒吸一口冷气，这比他意识中更糟糕。澈早已体力不支，但他凭借着心的愤怒和愤慨依旧不停地跑。

澈幼时酷爱吉他，一次偶然，他遇到那把火红的吉他时，他的视线一刻也未曾离开，这把火红的吉他就进入了澈的世界。

澈对吉他的热爱与疯狂，使他表现出一种常人没有的潜力爆发力和对生活的憧憬和向往。每当澈与熙谈起吉他时，澈眼中都闪烁着陶醉的光亮，那分明是对音乐神圣的崇拜和向往。

如果说吉他是蓝天，那么澈就是搏击长空的雄鹰，坚忍、执着，如果说吉他是大海，那么澈就是自由自在的小鱼，随心所欲。

可步入初中后，繁重的学业使澈的学习有些下滑，父母和老师却都开始竭力反对澈继续弹吉他，要他全部心思用在学习上，但澈没有听从，依旧如痴如醉地沉醉在自己的音乐王国。

为了不让澈继续弹吉他，他的父母竟当着澈的面把那把火红的

吉他重重地摔在地上，"崩"，弦断了，澈的心碎了。澈抱着断弦的吉他号啕痛哭起来，释放出心中的苦闷……把一切看在眼里的熙，一个澈最好的好朋友，他知道这无疑伤害了澈对生活憧憬的心。

"寒允澈，我和你一起跑！"熙在后面紧追澈。时间飞逝，两人始终在跑着，"你爱他吗？""爱！""你会放弃吗？""不，我会继续弹吉他，谁也别想让我放弃，永不！"寒允澈大声喊道，那声音一次次回荡在操场上。

梦，或是渴望

龚陶淑

前记：

我喜欢内蒙古，是从一首歌开始的，这首歌叫《天堂》。在现代，交通便捷，旅游并不是一件难事，然而我却把这个愿望当作是一个梦想，一种美好的向往。我舍不得太早地实现她。

是的，我承认，我疯狂地迷恋着内蒙古，迷恋她湛蓝的天空，洁白的羊群，还有一望无际的草原。

我不知道，有的时候，一个人喜欢上一样东西是会如此的义无反顾。

疯狂，甚至疯狂。

我生活在四川，有地理常识的人们都应该知道，四川是个多山的地区。说来，请别见笑，十九岁那年，才第一次出省到了湖南。这样的生活让我更加热爱草原，那样辽阔，那样豪迈。

曾经很多次在梦里，我梦见自己骑马狂奔，真正的狂奔，直到

我想停下的时候。

其实我并不了解内蒙古，我所知道的不过是对内蒙古的印象而已——白色、绿色、蓝色。

白色的是浮云，在湛蓝的天空，伴随青色的草浪娓娓奏出天长地久的谐音。

爱上内蒙古这片天堂，不仅是景色。历史上的名人，有不少来自内蒙古。无法一一列举，一代天骄成吉思汗不愧为一代枭雄，我喜欢他草原那样的性格，不羁，勇敢并洒脱。当然喜欢的是性格——内蒙古的性格，那些血雨腥风的征战，我十分不愿提及，怕打破了内蒙古安谧、恬淡的场景。在我心中，那些草原的勋章，时刻散发着诱人的香。

总觉得内蒙古像是一幅图，是蓝天上诗意着的一堆堆白棉花，又是一片青草的逶迤连绵。那景色却总是辽阔。

关于现在

现在似乎是活在一种幸福的稳定着的孤独中，总觉得生活是种轮回。渴望疯狂，渴望某种金色的阳光，把我的影子照耀在你婀娜的破晓，散发娉婷辉光。我正在想，你的呢喃或是肆意的笑，都会是我的向往。我正在想，用你草原落日的妩媚或是诱惑，拨开那些风吹草动的过往。

关于将来

我始终相信这向往不是浮萍。我等待着某天，在你温婉的土

地，留下细细密密的足迹。或者凝然伫立在你宽阔的臂膀里，吻遍你的种种气息。我渴望在你博弈般的境界里，染白或是染绿，谱一曲芬芳的传奇。

关于幻想

关于内蒙古的幻想，我的思绪总是如江水般接踵而至。我不确定内蒙古的天上，是否有箭一样的在飞翔，可是总有箭一样的东西直击我的心房。我总是相信，倘若在内蒙古的地上我一直奔跑下去，总能到天地相接的地方，在浩渺的深处春暖花开。

关于梦想

梦想，我们总是有很多不一样的述说。梦想原本就没有渺小或是伟大可言，我相信我小小的梦想，会在缄默着的似水流年里，坚守或者是矗立成我心中伟岸的帆，用神魂颠倒的美，长成遐思的双翼。于是我聆听着内心的呼喊，划破寂静的苍穹，策马奔腾在海角的天涯。

我的海角，内蒙古的天涯。

奔腾，奔腾，

奔腾出岁月的蹉跎，奔腾出我绵延的怀抱。

没有迟到的梦想

胡姚雨

　　在我开始懂得可以用书写来表达内心情绪的年纪，一个安静普通的黄昏，夕阳的光线温柔地盖上母亲切着黄瓜的右手时，我就大言不惭地告诉她："妈，我的梦想是，在二十岁以前出一本书。"

　　母亲切完了黄瓜，把这些乖巧青嫩的鲜润圆片小心翼翼地摆进了瓷盘。她把细细的鱼尾纹折在眼角，笑说："好啊，我等着啊。到时你出书了，我是不是也要买几本，送给你表哥啦，表妹啦……"我立刻接上话："不用不用！真出书了我会亲笔签名了送给他们的，自己的书肯定不用买的！"那是个被夕阳浸泡地微微发胀的黄昏。从黄瓜片上飘散出的细微清香，弥散在悠悠徐徐于唇齿间漫步的"作家梦"之上。我就是抱着这样一个被年少的心情烘焙的暖香四溢的梦想里，与想象中未来的自己有了第一回合的照面。我想出书，我想写一本自己的书。这个梦想，像一排小小的牙齿，在我因兴奋而紧绷发胀的皮肤上，烙下了一圈浅浅的，难以消失的牙印。

那一年，我十四岁。

十四岁的梦想，是一颗从炉膛里拿出来的滚烫石头。垫在胸口，温存和激越交织，让人自得其乐。那个时候，我一再告诉自己，我一定要实现它。六年里，我写完一盒子圆珠笔用完十瓶黑墨水写完五大本作文本里的稿纸，相信会有一本属于自己的书的。我诚惶诚恐地对待这个理想，捏着宝似的。生怕它一不小心就被曝光，被偷走。少时的心呵，那么无力，又那么骄傲，托着一份初生的激情，却又唯恐他人知晓。

我越来越期待周末了。因为周末一来，语文老师就会发下作文簿，让每个同学回家写一周一次的作文。我总是一笔一划地，像是要把所有努力，尽力地铭刻到黑色水笔烙下的印迹里。一页页单薄的方格纸，因为过度用力的书写，总是变得又脆又轻。翻一下，都有一股亲切而易碎的"嘎啦"声。像是原本软绵无力的身体里面，安上了用来支持生命的骨架。我是怀着无限期待的。期待周三的语文课快点到来。因为往往是那堂课上，老师批改作文差不多完结了，而后他会择优在班级里当众宣读。我知道，每一个享受过这种待遇的孩子，都体验过，那股骄傲的，矜持的，却又含着羞涩与紧张的快乐。当我有幸听到老师嘴里清晰明快地飞出来自我笔端的字句，我小小的身体会跟着他的语调，忍不住颤栗。那些细小的字眼，真的是有生命力的。它们一个接一个活了过来，成了一颗颗饱满的樱桃，让整个朗读的过程，变成了收获果实一样，甜美而感人。在大大的教室里，我的耳朵会因这份响亮的喜悦，产生"三日不绝"的袅袅回音。这是在梦想起步的年纪，我所能获得的最大褒奖。

我会把那篇受到表扬的文章，落落大方地摊到母亲面前。她一本正经地坐在桌旁，花上五分钟，读完它。她有时会说："你写的东西怎么这么前卫？你写的东西我看不太懂呢。"听到这些，我会一下子急躁起来。我总是火急火燎地扑过去，像语文老师给学生补习课文那样，把我写在句子里想表达的那层意思，直接又简明地说出来。我知道，每一个在"没有人比我更能懂得文章中的美"的年纪的孩子，会像我一样，在某个微妙的时刻，变成一个浑然天成滔滔不绝的演说家。把自己所写之事所言之物，用一种神奇而贯通的方式，讲解得浑圆通透没有瑕疵。我是可以理解昔日里这份迫切的心情的。我一度怀念它。因为这份渴望被理解被承认的冲动，太直白太单纯，像一条从心底冒出直冲舌尖的泉水，没有委婉曲折的道路，也不顾及所谓的情理世故，直接而坦白地流到嘴角，在声带的拍打中，一字一句地告诉母亲，妈妈，我这么写，是有用意的。你要理解。

母亲总是耐心听我讲完，然后会笑着说一句："真有你说得这么好啊？被你一说，我都觉得你能发表了。""哎呀，你怎么这样，本来就是嘛！"我不高兴地回顶一句，带着一份"自视甚高"的失落，气鼓鼓地回到书桌前。

我也遭受过来自同龄伙伴的嘲笑："哈哈他说他以后要当作家！""我觉得老师给他打90分的那篇作文一点都不好呀！有好多地方跟一本作文书上的一样。"在我第一次听到"他想当作家"这样一句带着戏谑语感的陈述句时，我真的感到一股灼热的羞涩和伤感。我是指，那个小心翼翼地，揣在怀里不愿轻易示人的文字梦，我那么珍视它，甚至一度因它的存在觉得自己走在拥挤的校园门口，都是与众不同的。我听到那句话，也就要一并接受从中激射出来的"不相信""怎么可能"诸如此类毫无遮挡的

怀疑。这是一个尚不懂自尊却又那么自尊的年纪。透明的梦想和透明的内心信仰一样，美丽且脆弱。我总是一个人默默回避许多同学得知我抱有这个梦想时展露的惊讶和不解。我没有解释，也没有顶嘴。心头有钝钝的痛，可是，终究会慢慢过去的。我相信。那年，我十六岁。

十六岁。这是一个值得纪念的年纪。那年夏天，我完成了初中阶段的最后一场考试，在炎热漫长的暑假里，获得了一台属于自己的电脑。我费力地按着并不熟悉的键盘，把自己抽空写出来的东西，一个字一个字敲进里面。我想起这段时日，脑海中印象最深的，是那台开在最大档吹出"呼呼"大风的"强风牌"老电扇。没有空调的客厅，它是在炎夏里最忠诚的伴侣。打字是一项艰苦的活计，我要努力寻找藏身其中的字母，又要时时抬头注视屏幕上跳脱出来的同音字体。打累了，我会趴到电扇跟前，让强风正对着把眼睛吹成半眯状。我喜欢和电扇说悄悄话，从嘴里边蹦出的话语，经由它强力扇叶的切割，会变得细碎又富有弹性。像山谷里的悠悠回音。我一直觉得它像个善良又神奇的老头。我常常拖长了语调自言自语："我——快——打——完——了""我——好——热——啊"它不遗余力地把语言抚摸成波浪的形态，我会在玩够了的时候，说一句："谢谢你陪我呀！"

老电扇那么忠诚，就像文档里那些小心翼翼挤在页面里的字一样。带着探寻似的目光。我们之间是有温柔的交流的。就在我为这份无声的对话产生一丝久违的感动时，藏身于电脑硬盘里的文字们，在一个无形病毒的攻击下，轰然溃散了。我都没有反应过来。那些几秒之前还挤挤挨挨乖巧地陈列在空白区域的汉字，像一群突然受惊了的蝌蚪，一下子惊慌乱窜着游没了影。我的惊恐是可想而知的。对于打字速度极慢，且已在电子文档里对原文直接做了改进的我而言，这是我印象里遭遇的第一场伤心欲绝的劫难。我似乎有理由来把这份苦闷化作一场疾风暴雨，让周身的一切来承受产生在我体内的痛楚。

我站在十一点的苍白灯光里，拒绝洗澡。母亲赶过来催促，我却像幼时耍无赖那样把汗臭的身体直接扔到了床上，以一种不屈不挠的姿态，反抗着电脑崩溃带给我的打击。母亲上来拍拍我的脸："你的底稿不是还在吗？再花点时间打一遍嘛。反正你也不忙，是不是？"我背对着她一言不发，内心是烈火烹油备受煎熬的。我说不出口，我不想打了我厌倦了我憎恨这种瞬间产生的流失。我说不出口。母亲拉起我的手说："别生气了，先吃完西瓜，再洗澡。电脑又不是活人，它突然坏掉了，别人家肯定都遇到过。你下次小心就好。"我依旧无动于衷，像个即将被烤熟的山芋一样，横亘在床上。甚至抬起脚，用力地把靠垫踢了下去。

母亲终于看不下去了，她冲上来，喊了句："几岁了你都！"那句话把已经入梦的父亲也吵醒了。她过来抓我的肩膀，被我一下子躲了开去。立时，我把母亲也当作了自己的敌人，将枕上的凉席拆下，把手边零零散散的物件朝她身上扔去。在听到父亲严厉的呵斥并且被赶来的他打下一个耳光后，我的眼泪终于潮涌一样流了下来。

我是指，那个时刻体味到的，一种特别真切的，名为"失去"的东西。我是真的爱上那些探头探脑，在光标里一个接一个有序跳出来的"小蝌蚪"了。我从来没有那么迅速地失去过一样东西，没有一样物体，会因为一个刹那的黑屏，立刻消无踪迹了。那是我整个暑假里最活色生香，蓬勃跃动的梦啊！哭泣的时候，我明显感到面部肌肉因曲弓而产生的酸胀。我想，梦想毕竟也是柔弱的，只一个不经意，就可能无声无息轻而易举地夭折在了一个微不足道的瞬间，被稀释在沉默的空气里。

它们甚至没有等到，我为它们取一个满意的名字。

母亲打了我。她一定要我为此写一份检讨。她大概觉得，写文引起的乖张，无异于在某种程度上，给我自己找着无理取闹自私任性的借口。出于那晚冷静下来后感到的歉意，我非常认真地写了这份检讨书。我记得那夜心痛的感觉，也记得那晚深刻的成长。不是每一样你钟爱的东西，都会相安无事，陪你到老的。

我至今记得，检讨书的最后一行字：妈妈，对不起。我以后不会这样了。

我是多么希望母亲可以看到我在屏幕前辛苦努力的过程。那时候，我天真地想，等我把文章在网上投出，出书的梦想，一定就会实现的！

康复后的电脑干净地像一个初生的孩子，带着轻盈又质朴的感觉。吃一堑长一智后，我认识到了及时保存及备份的重要性。这一次，电脑似乎也读懂了我遭受的内心创痕，它乖乖地，安静得让这些蝌蚪，一个接一个游到洁白的水池里来。再没有出现什么意外。而那时，已是2006年的夏末了。

2006年，蝉声一如既往地把夏天的裙摆扯成断断续续的丝线。高中开学后的第二周，我意外收到来自初中班主任的电话。那几篇发布于网络的文字，被某位编辑看中，预备刊登到下月的杂志上去。我就这样站在渐渐褪去燥热的秋风里，感到一股长驱直入的喜悦，把我的内心擦拭得一派明媚豁亮，让人一瞬间有了恍惚的飞翔的错觉。

2006年11月4日。我"踏踏踏"跑到学校门口的传达室，用一颗颤抖而温热的心，接过寄给我的包裹。拆开来，是一本从遥远的异省寄来的，薄薄的，定价五元的刊物。我一直记得那期杂志的封面，是青白色的背景，一个背着黑色帆布包的男孩子，手插裤袋站立在寂静的马路中央，有些孤独，但是他的头半抬地，被阳光晒亮了青涩却昂扬的表情。散发着积极的追梦的气息。他的样子，成了我人生转折点一个标志性的纪念物。其中衍生而出的，更有一股寂寞的喜悦。我的意思是，这些曾经在我笔端缓缓游出的蝌蚪，这一刻穿越了群山的阻隔以一种卑微又幸福的姿态，终于游到了许许多多陌生人的眼前。这一刻，它们不仅仅只认识我了，它们也许会在遇到比我更厉害的人之后，就忘记我。会吗？我忽然无限珍惜它们。

这些字眼那么细小，在诞生的时候，它们只与我对视，带着初涉世情不知天高地厚的心态。做梦都不会想到，有朝一日，自己会离开我独自面对来源于他人的批评也好褒奖也罢的目光。它们太瘦小了，一用力，纸张就会裂开，洁白的池塘就会粉碎，要了它们的命。它们唯一存在的理由，是我搁置其中的，关于文字的梦想。

看着那张静悄悄的汇款单，我忽然很想哭。

我是以非常安静的方式把杂志递到母亲面前的。她被结结实实地惊讶到了。她的鱼尾纹更多了些，笑起来额头的沟壑也更明显了。她放下菜刀，像多年前把切好的黄瓜摆进盘里那样，小心翼翼地擦了擦手，然后从桌子上捧起那本薄薄的本子，眼睛从上至下，从左往右，一刻不停地扫视着。遇到一些句子，她还眯起眼睛，用手指点着，嘴唇轻轻张动着，默念似的要把这一笔一划都看个清楚。读毕，她只说了句："你什么时候投的稿？怎么之前都不说呀？"

因为我想给你个惊喜，妈妈。

我没有说，但我知道，母亲听到了。那天的夕阳，温暖地就像一个熟透了的橙子。

2009年，我已经高三了。现实的天平把"出书"的梦想悄悄搁在了背后。我知道，这太重了。它称不出来。我还没有能力把这天平打造得足够结实，让自己在能够站上去的时候，与之平视而不摇晃。母亲终于严正声明：放下笔，好好考大学。我是有过失落的，我知道会有很多人和我一样，跟现实较不过劲，终究泪眼朦胧地选择了妥协。妥协掉之前沸腾过的，内心的祈盼。

春寒料料峭峭地把一个新学期拉了过来。我顺从地背起书包，走时，不忘在夹层里偷偷塞入胡乱写着东西的稿纸。你一定明白在暗地偷偷坚持的感受，像是布防于战线后方的火头军，虽然比不了冲锋陷阵的兵团那般英勇盖世，但它们毕竟是干枯日子里最柔软的精神后盾。我只是觉得，我需要它。在晚自习上打游击战，在课间读几遍自己修改过的开头，献宝似的，把它呈现给周围同学看。像未成年时那样，单纯地热爱着语文课。对着得分并不高的考试作文，依旧会有欣喜的可能。

我没有觉得生活因为现实的压力变得贫瘠而干燥，因为会有一条梦想的蚯蚓，在骨子里悠徐从容地钻入钻出，疏松着疲惫的细胞，让血液里灌溉新鲜清澈的风。风里吟唱曲调，那么悠远且熟悉。

我就是怀着这样悸动又不安的心情，在2009年夏天轰然响起的高考铃声中，结束了整整三年的高中时光。

去年，我十九岁。

　　我回过头想起来，其实，我早已站在了当初和母亲说的，要实现梦想的年纪了。二十岁，多漫长的时光，从无知到可知。我已经不知不觉走到了这个敏感的关口。呵，不知不觉，我多少次拒绝用这样的词语。这其中包含的漠然和旁观，有时候让人心生难以抑制的怅惘。我知道我并不是"不知不觉"的。相反，我是带着感知的。这包括，我见证了一年前，接到高考录取通知书的时候，母亲微微失望的神情。我没有说，妈妈，对不起。

　　我不知道，她是不是能够听到。

　　我有过彻夜难眠的长夜。在高考结束后的无所事事的暑假里。我回想起十四岁时那个搏动的旺盛的理想，在这一刻，理想真的只是梦想而已。它没有被我兑现，或者说，只是用另一种方式，兑现了一个边角。我时常想念那些向母亲大言不惭海纳百川般诉说的"将来我要"此类句式的时日。我发现自己真是个假大空。我要写书。我要当艺术家。我要拿高分。我要考好大学。我要……我辗转反侧，翻来覆去问自己，真正属于自己的梦想，你，真的有过吗？

　　应该……有过吧。我在黑夜深处自答，我努力写作，我努力争取高分，努力着一切努力，一直以来，我所希望的，所一再渴求的，就是，就是能让母亲以我为傲啊。

　　我来到异地上大学之后，把空闲时间一股脑儿用来了胡涂乱写。其中包括我向网络投出的，向报刊递送的，更多的，是处于一片沉默状态，无声销毁在手中的文字。我一直没有跟母亲说，10月的时候，我在一个不大不小的文学比赛上，意外获得了一个银奖。我的名字，就悬挂在那排长长的获奖名单的第5个，并且收到了组委会寄来的三百块奖金。我用这笔钱给自己买了一顿好吃的，给母亲买了一样当地的特色纪念物。就在我为这件事暗自生出一丝欣喜的时候，我却在网站上发现，即将出版的获奖作品集里面，并没有入选我的作品。我点着鼠标的手有点僵，内心的坍塌是显而易见的。但这份忧愁，在喧闹的网络中心，显得太流光易逝渺小短暂了。我眼里只模糊了一下，就匆匆给恰好在线的母亲发去一句问候：

"妈，最近身体还好吧。"

母亲很快回复了："我好的。你呢？"

"也挺好的。已经慢慢习惯了。"

"那就好，秋天来了，自己要及时穿衣服。"

"哦知道了。"

"钱够不够用？那边吃饭贵不贵？"

"跟家里那边差不多。差不多够的。"

"对了，你爸爸上次上网，看新闻的时候，说看到好像你在一个比赛里面获奖啦？"

我的心顿了一下，有一种难以表达的惊喜和小小的慌张。

"嗯。"

"有好消息，你怎么都不说呀？"

"正打算说的。"

"有空做做自己喜欢的事情，以后有好消息了，要跟家里说一声。高兴高兴。儿子，祝贺你！你是妈妈骄傲！"

接下去的十秒钟，是静默又嘹亮的。我没有想到这个二十年来沉默着睡在心底的梦想，会在这样一个突来乍到的时刻，带着令人深深怀疑却又不容置疑的力量，在闪烁着暗冷光泽的屏幕前，瞬间实现了。

那个散发着黄瓜清香的傍晚似乎一直就驻扎在身边，在时光的磨洗中，我以为它早就失真了。但这一刻，终于迎来了它被还原的最清晰的时刻。

我的眼泪掉下来。没有迟到，没有错过。这一年，我二十岁。

第六部分

窗外的天空很蓝

　　宁静的海边，我独自光脚踩在柔软的沙子上，踩到那泛来的海水，踩到那光滑的卵石，我最大的梦想就是永远站在海边，聆听海风，眺望海天相接的地方，看那嬉闹的海鸟，看那南飞的白鸥。

——梁宏圣《两个人的天空》

窗外的天空很蓝

黄英涵

　　我是一名"优等生"，老师家长眼中的"乖乖女"，没有人知道，我也有许多不顺心……

　　早餐排队，我很幸运地排到了一个靠前的位置。一个陌生的同学很自然地走过来，插在了我的前面，我叹了一口气，默不吭声，但过了一会儿，他却招了十几个人插进了队伍，我原本靠前的位置变成了靠后，我依旧只是叹口气，因为怕惹来麻烦，我不敢告诉站在另一侧的值班老师。结果那天早上，我没有买到早餐。

　　下课了，同学们欢呼着逃出了教室，在花坛边或谈笑，或玩耍。我平静地坐在教室里，阳光流泻在面前翻开的辅导书上，有些刺眼的光，有些刺眼，我甩甩头，将耳边同学们的笑声甩开后，继续攻克我的奥数题。

　　宣布成绩时，同学们惊羡的目光在一瞬间集中到我的身上，我的表情依旧平静，只是在拿卷子的时候无意中看到，窗外的天空很蓝。

　　双休日，我整理着要带回家的辅导书，数量并不少，却都被整理得整整齐齐，动作娴熟中还透着几丝专业。

背上书包，我骑着自行车回家时。路上，听到了同学们在兴高采烈地讨论着一部电视剧以及假日里该怎么放松，如何尽情地玩耍。我有点好奇，但我没有停下车，毕竟补课不能迟到。

　　我的生活如池塘中的水一般，波澜不惊。有时，我也会暗暗地问自己："我这样，真的好吗？"

　　没有回应……

　　其实，有时我真的很想放纵一下：和同学们一起开心地玩耍，对食堂插队大声说"不"，在双休日看一整天电视而不理会爸妈说什么……但，我始终只是想想而已，我不能，也不会，更没有勇气做这些在同学眼中十分平常的事。

　　想象与现实之间的差距让我痛苦，我不止一次地想象自己将来的样子：平凡而平庸的上班族，像一粒灰尘一样沉寂而不引人注意，平凡地生活，悄无声息地死去。偶尔也试图回想一下自己的学生时代，最终却发现：除了习题，就只有一片空白……我真的不想这样！

　　长吁一口气，也许我真的想太多了，不管现实怎样，人总是要先有希望才能活下去的；不管怎么样，太阳都会照常升起的。

两个人的天空

梁宏圣

清晨，和煦的海风吹荡着深蓝的海水，那激起的阵阵涟漪带着我的思念与悲伤，流向远方那海天相接的地方，流向我那远在天国的父亲。

"李秋水"父亲给我起的名字，父亲希望我像那秋天的海水一样斩不断，流不完，希望我像秋水一样深蕴有内涵。

儿时的秋天，海上浮动的涟漪与天上的云朵组成了一幅绝美的画卷，画卷上那斑驳是宁静的海滩。海边的鸟儿在大鸟的翅膀下羽翼日渐丰满。此时，我也在父亲沙滩上成长。然而人生伴随着诸多的不如意。秋去冬来，柔和的海边已经穿上了一副银色的棉袄，嬉闹的鸟儿早已飞向远方。我那慈祥的父亲竟在冬天到来的那几天，在那艘南航的船上走了。父亲走得那么突然，让我无法接受，我那慈祥的父亲，那前些天还牵着我在海边看日出的父亲，怎么可能在南航的船上突然逝世呢？我深深地凝望大海无话可说。父亲永远地留在了秋水中，留在了我的思念中。

悲伤逆流成河，"秋水"两字的呼唤时不时地在我耳边响起，

那深蓝的海，我开始有些恨它。

我好想承载一艘南航的船，驶向那蔚蓝的边际，驶向那没有悲伤的大海。蔚蓝的海，我又一次深深地凝望，感到大海的蓝，蓝的深邃，蓝得不可思议，我此时竟对大海充满了向往，对大海充满了渴望。

不经意间的发现：深蓝的海上，一群南归的白鸥，像穿着白衣的天使，飞向南方的天国。那是父亲的灵魂，他们是给父亲带去祝福，带去安慰。

白鸥过后，一阵凉爽的海风吹过，聆听海风的声音，那凉爽的风，那轻轻的风，吹得我似乎听到了父亲的声音，一种慈祥的声音"面对大海，去感受它的灵气，感受它的气势，去眺望海，我就在你的前方"。

宁静的海边，我独自光脚踩在柔软的沙子上，踩到那泛来的海水，踩到那光滑的卵石，我最大的梦想就是永远站在海边，聆听海风，眺望海天相接的地方，看那嬉闹的海鸟，看那南飞的白鸥。

仰望天空，我发现天上洁白无瑕的云朵，还有父亲的微笑。

梦之旅

彭代玉

　　夜，格外宁静，皎洁的月光洒在大地上，一切都是那么美好，静谧。星星依然在天空闪烁，晚风缓缓地吹，我甜甜地进入梦乡。

　　梦里，我来到了一个陌生，却让人感到温暖的城市。我沿着人行道向前走去，当我走到一个交通路口旁，红灯亮着，一列列的公交车井然有序的排着队。有一位老奶奶走上来，想要过马路，由于她腿脚不便，所以有些迟疑。这时，从后面走来一位漂亮的阿姨，问："老人家，你要过马路吗？"老奶奶回答："是啊！但我腿脚不便，所以有些……"她不说了。阿姨说："那我扶你一下吧！"她们高高兴兴地过了马路，我转过头，心里暗暗高兴着向前方走去。

　　我一直往前走，来到了车站。人们上下车都很有秩序。我上了公交车，看到一个抱着孩子的阿姨，她站在车上，右手抱着孩子，左手紧紧握住铁杆，还时不时地看着她的孩子笑。她旁边坐着一位健壮的青年，这位青年突然从位置上站起来："大姐，我这儿有个座位，你来坐吧！"阿姨开心地坐上位置，全车的人都望着那位青年笑了。

公交车继续向前开，来到了花园，我下了车，走进被绿色笼罩着的花园。在里面，环境优美，空气清新。这时，一位大约两三岁的孩子把一根香蕉皮扔在地上。从前方走来了一位十五六岁的姐姐，弯下腰，拾起了那根香蕉皮，把它扔到了垃圾桶里，继续欣赏优美的环境。我微笑着向前走去，看见一位老爷爷摸手帕时不小心把钱包摸掉了。这时从旁边走过来一个小男孩，捡起钱包，向那位老爷爷跑去，说："老爷爷，您的钱包掉了。"老爷爷赶紧摸摸钱包，发现钱包真的不见了，接过钱包，说："真是谢谢你了，小朋友。这些钱是给我那孙女买药的，如果不见了，我真的不敢想象。"小男孩摸了摸头，说："不用谢。"他们微笑着离开了。

夜，多么宁静，多么美，我在一幅幅温暖的画卷中悄悄醒来，这个世界，真美！

同桌的你

杨济帆

引子

她，是一个性格内向的孩子，羞怯于与别人交流，总是默默地站在远方，看着别人欢笑，看着别人被簇拥，心里空落落的。

（一）

她躲在教室里，隔着窗子，轻声叹气。操场上，同学们正打打闹闹着，满脸的欢笑。看着手拉手快乐歌唱的同学们，她十分想去加入——可是，她的自卑阻挡了前去的脚步。并不出众的长相，蹩脚的普通话，使她没有勇气融入群体。

每个课间，都是这么度过的。她总是幻想着自己和同学们一同玩耍——但是，也仅仅只是幻想而已。

小学一年级的时光，就这样在无尽的孤单中缓慢地度过了，她

一直沉静在自己的世界里，没有留下任何值得珍藏的回味。

（二）

二年级的一天，老师微笑的宣布，全班同学重调换座位。她发觉脸上汗津津的，抑制不住猜测自己的新同桌会是谁？

他，一个外表腼腆秀气的孩子，她从来没有关注过他。老师指了指他，示意和她成为同桌。

一开始，她觉得有些不自在，但是很快就发现他是一个幽默，顽皮，友善，讨人喜欢的男生，他想象力丰富、奇特，总有许多奇妙新鲜的想法。在日后的相处中，她还欣喜地发现他们之间竟有那么多的共同点，都喜欢绘画，都喜欢读风格万象的书，都善于欣赏别人的优点，都关心着彼此……

她，成了他的小跟班，总是黏在他的后面。他，总是喜欢照顾着她，给她讲好听的故事，唱好听的歌，折好看的千纸鹤，想尽办法让她开心。每个课间，变得不再孤单，她的脸上总是荡漾着甜甜的笑容。

她其实是一个非常漂亮的女孩。

二年级的时光里，她尝到了友谊的滋味，是温暖与快乐。

她开始爱说爱笑了，像一只叽叽喳喳的小麻雀，给大家带来了欢乐；她开始喜欢展示自己了，同学们和老师惊喜地发现寡言的女孩，竟是那样才华横溢。当别人问起她的变化时，她总是微微一笑。这是她的秘密。

（三）

不知不觉，一年过去了，又一次座位调换。

这次，不再那么幸运，他们没有坐在同一张课桌。他有些惋惜地对她说："我们不能成为同桌了。"她轻轻点点头，心里涌来满满的不舍。

她依旧是他的跟班，只是，快乐的感觉大不如以前了。

"我会永远记住他的，我会去珍藏那些美好的记忆，虽然，我们以后不能坐在一张课桌前学习。"她告诉自己。

漫漫长夜里，她辗转难眠，回忆着那些点滴往事，嘴角总是浅浅地漾起一丝微笑。

（四）

四年级的时候，又一次新的调座位，这是最后一次。

她，有些忐忑，有些期待。

他们竟然重新成为同桌，谁能说这不是命中注定？

他轻轻扭过头，用兴奋得泛起光彩的眼睛看着她，说："真好，我们又可以在一起了。"她笑了，点了点头，心里暖暖的。

他和她，在美好的同桌生活中，渐渐长大。

她觉得，友谊的滋味，是那样甜蜜，那样温暖。

（五）

那天，偶然听到那曲《同桌的你》

你从前总是很小心
问我借半块橡皮
你也曾无意中说起
喜欢跟我在一起
那时候天总是很蓝
日子总过得太慢
你总说毕业遥遥无期
转眼就各奔东西
……

她的嘴角又扬起淡淡的好看的微笑，这就是他们的故事，就像是一段传奇。

那天，天很蓝，校园里充满了春天的味道。她说，他是唯一理解她的同学。他说，她是他最好的朋友。她开心地笑了，转身拉住他走向操场……

（六）

她和他，形影不离。

课间，他们会倚在窗边，静静地看着窗外的景致，同学们的嬉闹；他们会一起画漂亮的图画……很多同学好奇地问他们："你们的关系为什么这么好，这么甜蜜？"

这时，她总是看看他，微笑地说道："是他，改变了我。"

而他，微笑地对她说："知道吗，是你改变了我"。

（七）

转眼，快要到分手的季节。

他，恋恋地对她说："再过一段时间，我们就要各奔东西了。"

她无奈地笑了笑，耸了耸肩。她知道，他们彼此是不会忘记那段纯真而美好的时光的。

六年时光里的一幕幕，如同一只只白色的蝴蝶，翩翩着，落入她的脑海，溅起回声，久久荡漾在心间……友谊的滋味，是刻骨铭心的记忆。

军训纪实

吴姗珊

军训恍如一场梦，那么奇妙，那么美丽，那么动人。

——题记

训　前

老师在讲台上滔滔不绝，下面耷拉着五十几颗圆不溜秋的脑袋，灰头土脸，无精打采。那天天气那么晴朗，却无法改变同学们氤氲落寞的心情，一切都源于军训。

军训，所谓"苦"的代名词，忽然在这一天跳入了我们的脑海中，翻腾着，涌动着，久久难以平息。

军训，在一阵阵唉声叹气中启动。

教 官

五天下来，同学们对教官多多少少有了感情，虽说不很深厚，但对于教官这几天给我们带来的循循善诱的谆谆教导，还是令我倍感难忘。临走前，同学们给教官取了很多亲切的名字——"可爱教官、好人教官"，都是为了记住这位给我们如此多启示的人生导师。

当我们刚来到基地时，对一切事物颇感陌生，是教官给我们指点迷津，引领我们，让我们一步一步地去认识这个全新的世界，认识全新的自己。

惧怕他那响亮严厉的批评声，每回正步走不好时，这种声音总会在我耳边回荡，那一句一句刺痛人心的话在促使着我一遍又一遍地反省自己，检讨自己，心中便会开始感到畏惧、压抑与不安；

惧怕他的眼神。那极具杀伤力的眼神。每当我做不好时，他的眼睛便会发射出一种刺眼的光，直射入我的眼睛，穿透我的内心，我那本是炯炯有神的目光忽然间变得失神，呆滞，黯淡无光。然而先前的抱怨与不满到如今才消失尽，此时此刻我才明白，这犀利的眼神中灌输着一种对我的责任，一次提醒；

惧怕他对我们无休止的训练。似乎我们训练的时间永远比别人漫长。一天下来两腿酸得好像两块竖直的木头，不再受自己控制，仿佛不再是自己的腿，每轻轻走一步，心里就撕心地呼喊一次，似乎再走几步路就要倒在地上。

就像班主任常对我们说，我们怕的不是老师，是知识；同理，

我们在军训时所怕的不是教官，是所谓的齐步走，正步走……军训中的每一个动作，每一处细节。

几天下来，我早已把心中的惧怕转换成了钦佩。

教官教给我们的不仅仅是立正、齐步、正步、停止间转法，更多的是教给了我们坚持不懈，百折不挠，迎难而上的精神，集体荣誉观以及意志品质。

这些抽象的东西头一次在脑海中那么深刻地流过。

沉思。

训　练

悲痛欲绝，叫苦不迭，心惊胆战。

这大概便是军训时最确切的感受吧，但无论怎么发泄不满，训练是死的，无法改变，只能由它去改变。则能做的只是一步一步接受，一次一次重来，反反复复不间断地训练。

此时此刻，服从便是你唯一的义务。

脚要抬高，绷直，腰挺直，眼睛向前看……这些听了成百上千遍早已厌烦的话语如今回想起来却颇感熟悉自然，这些命令如今已渐渐成为心中不可磨灭的记忆。

做得不好，曾落寞、伤心，但又会不觉想到几天后的大检阅，那才是真正的考验，那时就不再只是一块空旷的地，一支连队，而是在人山人海的观众的瞩目下，六个连队都将一一通过主席台接受检阅，再回看现实，这点微不足道的训练又是何足挂齿呢？

于是，通过训练学会了坚持，坚持地将每一个动作做到最好，坚持忍住不让泪水划过脸颊，坚持几个小时不倒。

如今回想，早该明白，这些训练中的一个个动作已不再是小小的动作，而将成为生活中的点点滴滴，成为生活中必不可缺的一部分。

如今回想，流下的汗许能装下几大桶了吧，但这几大桶汗水换取来的，是几大桶满满的收获，这才是真正的意义、价值。

结　局

犹如这篇随笔，乱糟糟。军训亦是如此，虽表面正规，严肃；但内心却是复杂，凌乱的，总觉缺少了点什么，需弥补些什么，总觉只有寻找到了该弥补的，人生才会愈加完美。

也许这就对了。

离开了基地，停止了军训，但是那颗炽热的心不会停止燃烧，那坚持不懈的精神亦不会消失。尽管那里的空地还是空地，草坪还是草坪，池塘还是池塘……这一切都未曾改变，改变的是我，一个脱胎换骨的我。

这，便是真真正正的军训。

小小乐趣

石　芳

　　小小的人，有小小的心。小小的心里，装满了小小的秘密。小小的秘密，带来小小的乐趣。

（一）

　　很小很小很小的时候，大概我刚记事吧，我刚刚来到东营，这座年轻、陌生的城市。记得当时的马路，那真叫"马路"——马走的路。一匹马飞驰而去定会带起漫天飞土。而事实上只有偶尔几匹骡子或驴拉着板车吱悠吱悠路过，身后留下一串蹄印，有点"××骡子/驴到此一游"的意味。不久"马路"变成柏油公路了，便非常庆幸没有和如此泥泞的马路在一起生活太久。

（二）

当时的小区不能叫小区，得叫院儿。自己家（平房）的院儿呢，得叫院子。我初来乍到，对这种说法感到困惑，哥哥给我解释："因为院子比院儿小，院子是院儿的儿子，所以大的叫院儿，小的叫院子。"

管它院儿还是院子，反正我有两个院子：一个爷爷家的，一个爸爸家的——也就是我家的啦。所以感到特别富有。我骄傲！我的这俩院子，一个在院儿北，一个在院儿南。因此每天都可以穿梭于整个院内，而不会像别家小孩子不准在院儿里跑远了。这又使我特满足。

（三）

院儿不小，但与我年龄相当的小孩还真不多。只有珊珊、若晨、李震和全子（音译）。

珊珊、若晨她们的奶奶、姥姥家跟我爷爷家住一个胡同，便由长辈们的介绍，我们认识了。以后，似乎上学前的那段日子便是我们三个一起度过的。

三姐妹中，若晨是老大，也不过只比我大一岁。珊珊比我小，也比我小不了一岁。我们做的游戏一般都是"过家家"。可怜的我，从小都是演反串角色的命——当爸爸。以至于现在，都要在English Party上扮演梁山伯，冲着英台深情地说："Oh! I Love you

so much！I'll miss you so much！"

　　记得过了很长时间，三个小小的人又见面了，但我似乎与她俩生疏起来。她们说："你还是像以前一样很馋啊。"我也忘记当时怎么想的，没说几句就回家了。这以后，我们一起玩的记忆在我脑海里变成了一片空白。虽然是上小学没有繁重的学业，但却因此不能在爷爷、奶奶、姥姥家常住，于是不再见面了。

　　李震家在爸爸家后面的胡同里，印象中是最靠胡同的一家。认识他时，我和若晨在一起。当时见他似乎是个很内向的男孩子，相比之下，若晨要开朗得多，她先问："你叫什么名字？"李震哼哼了两声，我耳朵不好使，没听清，便惊讶道："什么？鸡蛋！"若晨笑了："还鸭蛋呢！"印象里，李震的表情已然模糊，只记得他大声说完"李震"后，我和若晨笑得更厉害了。

　　现在虽然能够见到李震，但跟他如同路人甲路人乙。我害怕跟他打招呼后扯上半天话，他再淡淡一句："哦，不记得有这事了。"也许他真的不记得我了，抑或是他有着和我一样的担忧。

　　全子是后来搬到这个院儿来的，他家在院儿门口开了个杂货店，为我们购买油盐酱醋茶的带来了不少方便。得知他叫"全子"时，我的第一反应竟是"拳头、剪刀、布"！

　　我们曾各自从小商店里花五毛钱买来一袋里面有十来个各种姿势的小士兵的玩具，然后摆好阵地，拉开架势，准备开始——我们想尽各种计策潜入敌营，凭空造出五花八门的先进装备。到后来唾沫星子飞溅得太厉害，哥哥在旁边看到无奈："你们这就是在斗嘴皮子，看谁说得过谁。"于是我们也觉得没意思了。

（四）

小小的人也有小小的流行热潮。

小小一阵子流行"跳跳鼠"，家长们见它没什么坏处便买了下来。于是一得空，便带着我的"小红鼠"来到院儿的大街上，饶有兴致地蹦啊跳啊。

小小一阵子流行Beyond的歌，我也跟着哥哥"彼岸""彼岸"地不知所云，但还是很拽地跟别人吹我会说粤语。

小小一阵子流行小霸王学习机。家里第一台"小霸王"是爷爷买了套西服送的。当时有种票，上面写着买一套西服送家庭影院或学习机或别的什么我给忘了，反正三选一。由于家里有两张这样的票，因此爸爸和爷爷各买一套，便既有了家庭影院、又有了"小霸王"。看票上画的"小霸王"好有电脑的架势，第二天爷爷要去买了，我竟兴奋地想着即将有台电脑而成了熊猫眼。没想到爷爷带回来的只是一台小电视加一个带插卡槽的键盘。

小小一阵子流行"咪咪"虾条。广告里那只猫的"唉、唉、唉、唉哟！"便成了我当时的口头禅。现在再问起谁看过这个广告时，竟有人摇头并感慨："这么小的产品都做广告，那时的经济市场真'景气'！"

小小一阵子流行看动画片。什么《变形金刚》、《六神合体》（大概是这名字）、《葫芦娃》、《舒克和贝塔》、《大头儿子和小头爸爸》、《海尔兄弟》……还有那经典台词每集都会放："给我力量吧！我是希——曼——""……鹰的眼睛，熊的力量，豹的

速度……"还有那简单易唱永不忘的主题曲："舒克、舒克、舒克、开飞机的舒克，贝塔、贝塔、贝塔、开坦克的贝塔""打雷要下雨，嘞欧，下雨要打伞，嘞欧，智慧就是这么简单……"还有称不上动画片的《恐龙战队》，看完之后我都会和哥哥再把剧情演一遍。

一小阵子流行打"元宝"。把一张张的纸叠成一个个方方正正的"宝"，哥哥总是能把我的全赢去。不甘心！但他还会把他赢的和他的一同全给我，我便乐得东跑西颠。

小小的乐趣积累起来还真不少呢！还是打住吧！若真一直写下去，《弘毅》还要为我的"小乐趣"出个特辑呢！呵呵。

脚　印

张双双

　　母亲在整理房间时意外的发现一只新鞋，不用问，这一定是母亲给父亲做的，至于何时做的，那就不清楚了，母亲拿着给父亲，父亲一看是布鞋，高兴坏了。

　　"都什么时候了，还穿布鞋。"我插话说。

　　父亲一听，赶忙强调："布鞋好啊，布鞋穿来养脚，我整天穿着打着真皮幌子的皮鞋，烧得慌。"

　　家人都被逗乐了，还别说，母亲做的鞋子就是合脚。

　　"小心，地上有水。"我急忙说。

　　"没事，鞋底是泡沫的，防水。"父亲装不在乎地说。

　　当我再看父亲时，父亲早已没了踪影，只留下一列脚印，那脚印是那么的清晰。

　　即使是北方在冬天也下不了几场雪，更何况是大雪，就更少见了。可今年是个例外，下了一场格外大的雪。在我家院子里的雪都没过小腿了。虽然我也是快要奔二十的人了，可我也喜欢玩，于是我就想在院子里放开的玩一玩，反正是关着大门，我也不怕出丑。

父亲看出了我的心思，大声说："不准去，免得弄得浑身是雪，还得让你妈洗衣服。"

父亲的话当然要听，虽然这时很扫兴，可不能显现。不让玩，看总行吧！我望着门外的雪发起了呆，就又想起了那些"陈芝麻烂谷子"的事儿了。还别说，想想还真有味，就像大人们说的"陈年美酒"一样。这些往事在我看来是财富……

父亲不知何时来到门这，手里拿着一把又破又旧的大扫帚，我劝父亲把这个扫帚扔掉，再买把新的，父亲总是找各种理由推辞。这扫帚也是跟着父亲"闯荡江湖"十几年的，哪能没有感情啊！

这时，门前的雪已经被父亲扫掉一大半了。可我并不心疼雪，反而埋怨起了雪。这该死的雪怎么堆得这么厚，让父亲又热又累。我赶忙跑上前去，要求替父亲扫雪，父亲一听女儿要帮自己扫雪，就更乐了，扫得更起劲了。父亲是家里的老黄牛，一辈子都勤勤恳恳的。

父亲继续往前扫，只留下我望着父亲的背影。在雪上我又看见了一列脚印，只是有些不同，每一个脚印旁边都有一个圆形的印。如果过路人看到它一定感到奇怪。其实那圆形的印是父亲的拐杖留下的。

我最讨厌听别人叫父亲"瘸子"。听父亲说，我小时候因为听到别人这样叫父亲，竟然不让那人走。父亲即使听到别人这样叫他，他还是对别人报以微笑。每当遇到这种情况，我就特别气愤，恨不得说父亲两句，可我不能这样做。因为我的父亲是老大。

真是天公不作美。学校要放寒假，天竟然下起了雨，要带回家的东西当然要淋雨了。回家很让我兴奋，即使下雨也抵挡不了我的好心情。谁知，那天的雨真邪门了，好像要跟我对着干。在半路，我经历了人生第一次被大雨淋，不，应该说是浸，我全身都湿透了。

幸运的是经过菜市场，父亲把没篷的车开了进去，总算不淋雨了。当时要说多惨就有多惨。父亲还说："你看，老天爷多给我面子，让咱来菜市场避雨。"

我的好心情全被那场大雨浸没啦，哪还有心情听玩笑啊。就一直嘟着嘴，不吭声。突然，我发现父亲穿的是一双布鞋，全都浸透了。

"赶紧把鞋子脱下来吧，这样很难受。"我担心地说。

"没什么大不了的，一会儿就到家了。"父亲不屑地说。

父亲是个闲不住的人，见雨还没停就走进市场买些蔬菜。我没有跟着父亲去，我想望着父亲，看着父亲留下的一列脚印，走远……

我，有时很痛恨自己不能为父亲做些什么，只能望着脚印发呆。或许，我可以不那么被动，我可以跟着脚印走。

和你一起看君子兰花开

王芳蕾

　　君子兰是妈妈生活中的一部分，而这一部分正一点点蔓延到我的生活中。

——题记

　　记得小时候，曾有人这样问我："你妈妈是不是特别喜欢花啊，不然为什么给你取这个名字？"当时的我气呼呼地瞪着眼说："我妈妈是我的，她只喜欢我！"虽然，我的名字和花没什么关系，但妈妈却是一个爱花的人，尤爱君子兰。

　　后来，我知道妈妈开始养君子兰是在我还未来到这个世界之时，算起来大概也有二十年了吧。二十年的喜爱，二十年的坚持，二十年的呵护，君子兰每年盛开，在金黄的十月！所以每当临近花期，妈妈的那份激动就难以遏制。从前觉得妈妈喜欢花很俗，但长大后，仿佛能够稍稍体味出那份感情和期待。

　　第一次和妈妈一起等待君子兰花开，是我上小学的第一年。当时的我并不喜欢它，绿绿的叶子，没有丝毫点缀。妈妈说君子兰的

花很美，可我在此之前并没有印象，所以我觉得它们放在家里就是浪费空间。但妈妈会维护它们，即便是没有训斥我，我依然能感觉出来妈妈不高兴，因此，我学会慢慢的忽视。

现在还依稀记得，最初发现在叶子中长出了花苞妈妈是多么的兴奋不已。每天下班回家，她都会去阳台"关心"一下即将绽放的"少女"，可是我只是偶尔在心血来潮的时候会去看看……就这样，记忆中的第一盆君子兰开花了！我留下了和君子兰的第一张合影。这一年，我六岁……

三年过去了。五年过去了。君子兰每次都开得美丽、灿烂，我也在一点点长大，有了青春的气息，可妈妈却在一点点变老，脸上有了丝丝皱纹。

记得初三那年暑假，我和同学出去玩，一直到筋疲力尽，很晚才回家。刚进家门，看到妈妈焦急、愤怒又担心的神情，我才恍然大悟，出门的时候忘告诉妈妈了。她很生气地训了我，第一次这么凶地对我，由于当时不懂事，我一气之下，跑到阳台把君子兰长出的花苞全都拔掉扔了……等到第二天中午妈妈下班，一瞬间我感觉到了妈妈那忧郁的眼神，暗淡无光，那种伤心仿佛空气，充斥在家里的每一个角落，那天中午，家里很静很静。不知过了多久，家里才重新有了妈妈爽朗的笑声。现在想来，自己真的很后悔，对不起妈妈。那年的君子兰，因为我，没有开。而那年，我十四岁。

从那之后，怀着深深的歉意，我第二次等待花开。这时，我没有敷衍，也不再马虎，甚至许愿君子兰花能开得分外美丽，可以弥补我曾经的过错。偶尔，妈妈看到我在给君子兰洗叶子的时候，会嘴角上扬，我想：妈妈会原谅我的。只是犯错的人会记住自己的错很久很久。就这样，盼望着，盼望着，君子兰花开了，这次，我比

妈妈还要激动。

如今，家里已经多了许多新生的君子兰叶，能开花的君子兰也不只有那么一盆了。我进入了花季，但妈妈不再像年轻时那么光彩照人，头上也有了丝丝白发。

自从上了高中之后，因为离家远了，我成了住宿生。第一次住校我很不习惯，两周才能见到爸爸妈妈一次，因此我对亲情的渴望格外浓烈，并且每次给妈妈打电话的时候，眼泪都会忍不住夺眶而出……

记得有一次打电话，妈妈告诉我说君子兰开花了，虽然没有见到，但我相信，妈妈是幸福的，即便是隔着听筒，我也能感觉到妈妈的会心微笑……可是还会有一丝遗憾，因为，这年妈妈独自在家等待花开。

去年，十一放假，我陪妈妈一起看到了君子兰花开，留下了爸爸妈妈和君子兰的合影。似乎成了一种习惯，或是真的爱上了君子兰，每次放大周回家，我都会去阳台和可爱的君子兰打声招呼，虽然它们是植物，可是我相信，它们可以感觉到我传达的谢意：

谢谢你们，当我和爸爸不在家的时候，是你们陪在妈妈身边，让她不感到那么孤单。

谢谢你们，伴我一起成长……

我，会一直守护在妈妈身边，陪她一起看君子兰花开，一起享受那份花开的喜悦，直到永远……

倾听爱

朱彦文

你说，我不会倾听你。
不会倾听那爱的灌溉。

一

她回到家中，来不及去暖气旁焐一焐早已冻得毫无知觉的双手，来不及呵护一下那早已皲裂的脸颊，急匆匆地来到厨房，生火为女儿做饭。也许，现在的她只有一个目的——让自己的孩子吃上每一顿热饭菜。她揉了揉耳朵上的小冻疮，麻木的双手扣在耳朵上不住地摩擦，干涩的眼睛盯着炉子上的饭菜，身体却不住地倾向门口，她希望女儿回来的时候可以马上看见她。"嘭"，用力的摔门声，她吓了一跳。"涵，先去洗洗手，换下外套，饭这就……""每次都那么几句话。"女孩毫不留情地打断了母亲的话，撅着嘴，但

早已按母亲的要求一样一样的做好，坐在餐厅等母亲。餐桌上，二人无语，母亲没有给女儿夹过一次菜，生怕惹她不开心，自己则慢吞吞地吃着。筷子盘子相互碰撞的声音，成了偌大的屋子里唯一单调而嘈杂的交响曲。女儿放下筷子，几欲离开，却被母亲按下："涵，你好久没和母亲聊天了。"女儿那尚未成熟的小脸上滑过一丝冷漠，但嘴角依旧习惯性地上扬了一下："妈，最近功课多。"母亲的双手渐渐松开，缩进那泛白的袖口，脸上闪过一丝不经意的泪痕。

二

"妈，干什么呢？"女儿那玉葱般纤细的手揉了揉被白炽灯刺得睁不开的眼睛。

"你校服，都那么脏了，洗洗明天再穿。"母亲指着洗衣机里的衣服，说。一脸抱歉的表情。

"以后别随便动我衣服。算了算了，用手洗吧！我要睡觉了。"女儿甩手而去，很不耐烦。

"可，我手破了呀。"母亲低语，像是说给自己听。低头看那皲裂的双手，不知所措的神情是那般令人疼惜。母亲按下暂停键，将校服从洗衣机里拿出，双手捂着腰费力地坐下，脸上那痛苦的表情暴露出一个母亲的艰辛和劳累。洗手间幽暗的光将母亲洗衣服那娴熟的动作投射在身后洁白的墙面上，母亲的那缕白发湿湿地贴在额头，目光里透着一种坚定、无奈和欣慰——"快洗好了，不会吵你了。"

三

"唉，我很累了，不想和你争吵。"母亲低声怒吼。

"怎么了？"父亲则一改往日的形象，快速扶母亲坐下，怜惜的表情布满了脸上的每道皱纹。

"知道么，不管付出多少，涵涵永远都不会体谅我，你知道我有多累。"母亲孩子般小声啜泣。

……

"我知道，她是个懂事的孩子，但就是不能体谅我的辛劳，也许是她不肯原谅我。每每看她一身疲惫地走进家里，我多想帮她提一下书包，用手摸一摸她的脸颊，问一声'辛苦了孩子，学习累么'；每每看见她写作业的时候，我多想送杯燕麦给她，拍拍她的肩膀说一声'宝贝，好好学习'；每每看她对我那种客气的笑的时候，我多想告诉她'宝贝，原谅妈妈好不好，不管我先前做错了什么，好不好'；每每看见她熟睡时的样子，我都会安慰自己，孩子是累了不是不想理我。我想为她做一切的一切，可是我不敢。我多么害怕女儿那冷漠的笑和不屑一顾的神情，你不知道呀，你不知道，我是多么心疼她。"

女孩站在门口，倚着干燥冰冷的墙壁，心却早已笼罩在三月的梅雨下。湿漉漉的。

四

妈妈。

妈妈，我爱你。

任何华丽的词藻也无法形容我现在的内心。

每每看到您那丝丝白发，我只想去抚摸那岁月的印记，我总想去根除那衰老的证明。我知道您心疼我，您总是站在门口，小心翼翼地看着书桌前学习的我，您总是怕惹我不开心，小心翼翼地维护那段看似不稳定，却早已像城墙般坚实的感情。您为我哭过，乐过，尖叫过，激动过，痛苦过，这些我都知道，我把您为我掉的每一颗泪珠，都小心包进纸里，放在最贴身的兜里，认真呵护。

还是会回想起儿时那种种肥皂泡似的场面——你趴在沙发上，我用稚嫩的小手帮您捶打着单薄的身板，丝丝幸福感藏在您的微笑里，蜜般流淌在嘴角处。

而如今，我长大了，我早已不再是那个躲在您怀里撒娇的小女孩了，一起成熟的还有我的心智。我不再习惯表达自己，脸上单调的表情也仅仅是对外界的不满和怀疑。但妈妈，您的爱我早已尽收心底，湿润脸颊的伤痛的泪水夹杂着丝丝甜蜜，不曾逝去。

妈妈，我爱您。

我最亲的人

姜雅娟

母亲很少会到我的学校，小学时大概有过两次，初中时只有一次。

那天是我初中毕业的日子，和同学依依不舍的告别之后，大家回到各自宿舍收拾被子和其他东西回家，由于东西太多，一向非常独立的我也只得向家里打求救电话。

"妈，你在家有事吗？能过来帮我把被子搬回家吗？""噢……行啊！"母亲回答得似乎有些犹豫。

我在宿舍里慢慢地收拾着，等着母亲的到来。

大概半个小时过去了，母亲还没有来。我站在走廊里焦急地向路上张望。

宿舍里，别的同学的家人都已经到了，有的东西已经搬走了。

突然，在晃动的人群中，我发现了熟悉的身影。"妈！"我挥挥手，示意她。

她有些不自然地向我走来。我发现，她穿了她平常不多穿的高跟鞋，所以走起路来有些不自然。母亲上身穿的是她最好的一件短衫，是大姨帮她买的，裤子也是笔直的。可见母亲是经过一番精心

打扮的。

　　我住的是四楼，母亲过了好一会还没有上来，我便想下楼去找她。刚走到楼梯口，看见母亲正一梯一梯地缓慢地爬着楼梯。我知道，母亲穿着高跟鞋走平地都难何况是楼梯呢。

　　她左手紧紧地抓住栏杆，每有人从她身边经过时，她都要停下来，让别人过去，然后才继续走。

　　我急忙跑下去，牵住她的手。她显出歉意的神情，"我本想让你哥来的，可他有突然有别的事了。"

　　母亲很少到我的学校，不是因为她不关心我的学习，只因她觉得自己老了，怕让我没面子。母亲三十多岁才生的我，本想有一个孩子就行了，禁不住别人劝，又生了一个我。现在她已经将近五十了，比起其他同学三十多岁的妈妈，母亲当然极不自信。

　　我心里一阵酸疼。"妈，你来我很高兴，干吗让哥来呢？"我牵着妈妈的手，走到了宿舍。同学们大多还在。我搂着母亲的脖子说："同学们，介绍一下，这是我妈妈！"同学们纷纷喊着，"阿姨好！"母亲开心地笑了，并大方地请同学们有空到我们家来玩。

　　收拾好东西，我和母亲提着东西，离开了宿舍。走在校园的路上，我紧紧地牵着母亲的手。看见同学就介绍说："这是我妈！"

　　我真想告诉全世界所有的人们，你是我妈，女儿永远为你感到自豪，永远永远爱你。你永远是我最年轻最美丽的妈妈！

小草从地里钻出来

许秋伊

（一）

忽然之间，沉寂了一冬的小鸟又在天空歌唱；

忽然之间，酣睡了一冬的狗熊又开始大快朵颐；

忽然之间，在水底尘封了一冬的小鱼又活蹦乱跳。

好一个生机勃勃的春天！

带一只小猫，在翠绿的草坪上嬉戏；捉一条小鱼，遐想在水中畅游。宛如蓝缎的天空中，不知不觉多了几只风筝，给春天平添了几分别样的情趣。

一年之计在于春，这话是不错的。城里、乡下，无论是大人还是小孩，无论是贫民还是富翁，个个去做自己的事儿，个个精神抖擞，个个满怀希望。大地上有了这些景物，构成了——

一个生机勃勃的春天！

（二）

就好像惊雷震撼了平地的寂静；

就好像闪电撕裂了天空的黑幕；

就好像惊涛裂岸，乱石崩云。

好一个有力量的春天！

"轰轰轰"——听，春雷鼓点频频；

"刷刷刷"——看，春雨脚步匆匆。

容不得束缚，容不得羁绊，容不得闭塞，容不得懦弱。一个个生命有着铁一般的意志，硬生生、活溜溜地窜出来了。竹笋掀翻了石头，顶了出来；鸟儿闯开了笼子，飞了出来；鱼儿撞开了冰层，蹦了出来。

小草从地里钻出来，它舍弃了大地的温暖，这是一种蓬勃向上的力量；核桃芽儿从土里挣出来，它钻破了坚硬的壳儿，这是一种不畏挫折的力量；沉寂了一冬的花蕾绽裂，越开越艳，这是一种厚积薄发的力量。它们诠释了——

一个有力量的春天！

秋的胸怀

张亚朦

秋，富足，祥和，宁静，深沉。

秋与春情同手足，各自扮演着讨人喜欢的角色：秋静，春美。春光明媚，秋光爽朗；春风温柔，秋风微凉。春天清新、活泼，秋天饱满、深沉。春天给人以希望、遐思、精神，秋天给人以欢欣、慰藉、硕果。于是人们把春与秋联作"春秋"作为年岁代称。

秋的天空，蓝啊！蓝得纯真，蓝得空灵。蓝汪汪的苍穹一碧如洗。枝叶间的果实沐浴着热而不骄、白里泛黄的阳光，日趋成熟。秋光如金。秋空阴了脸，万物就会郁闷、失落。秋日的阳光对于漫野庄稼就如同母亲面对待哺的乳儿。万物生长靠太阳啊！农人热爱秋光。秋更热爱自己的生命，争分夺秒孕育果实，为果实增添分量，涂抹颜色。

七八月，看巧云。秋日的云，不是春日的阴云，不是夏日的乌云，而是缀列在朗朗高空，如浑重的磐石，如团聚的棉絮，如列阵的羊群，如升腾的烟雾，如鳞状的沙滩，如原子弹爆炸后的蘑菇云，安详、大方、明丽，一展秋的风韵，供人们检阅、欣赏。如烟

如缕如波纹的薄云，涂鸦天空，也掩不住秋的天空的湛蓝。秋云顽皮，它时常把灿烂的阳光切断，让地面出现大片的阴影世界。那阴影里的凉气顿时沁人心脾。不一会儿，云儿躲在一边，阳光瞬时倾洒下来，让人感觉它温暖的力量，分外柔和。秋一弃春的孩子气、夏的狂生气，少风寡雨。秋风温和、苍凉、老辣，飒飒地扫荡着秋野和树木，对枯枝败叶显示威力；秋雨点点滴滴，潇潇洒洒，清清冷冷，如泣如诉。秋因着丰富的阅历，安静沉稳，成熟中显露出几多圆滑、几多消沉。

秋夜月光清冷，寒意料峭。昆虫在秋野和院落的每一个角落唧唧争鸣，那声音层层叠叠，凄凉低沉，如同哀乐，交织夜空，昭示着无数小生命的存在和顽强。

秋野分娩的累累果实需要人们收获运归。秋收无闲人，忙碌在秋野的农人们疲累而兴奋。农家多是老少齐出动，各有活儿在手。老牛拉车拉犁，奔忙田野，气喘吁吁，担当重要角色。大片大片的庄稼躺下来，被运往村落四周，堆成一个个小丘似的柴垛。田野日见空阔。土地完成了秋赋予的使命，又敞开胸怀，收纳种子，为人们孕育来年的希望。

暮秋霜降时分，气温一天比一天下降，白昼一天比一天缩短。温和的秋光弥足珍贵而撩人心扉。冬已侵入秋的肌体，步步为营。秋已苍老、颓唐，枯草败叶、残藤断茎，若老年斑布满秋的脸。秋遍体鳞伤，奄奄一息。秋懂得生存的辩证法。有人感伤她的衰败、萧条时，她笑而不语。她让自己的表演在四季舞台上适时而止，悄然隐退，让冬上场。

秋是慈爱的母亲，丰美，博爱，宽厚，无私。